花千樹

屍骨辯證

法醫人類學家的生死沉思

李衍蒨 著

目 錄

修訂版前言

你我的後悔之書

最近讀到一本小說名為 *The Midnight Library*（《午夜圖書館》），主角Nora覺得自己的生活充滿不如意與遺憾，生命中盡是她沒完成的成就與後悔的選擇，而且沒人需要她。隨著不幸的事情一一發生，她決定自我了斷。就在她下定決心的那晚凌晨十二點，Nora來到生與死的交界，走進了一座圖書館。在那裏，她獲得了重新來過的機會。

午夜圖書館裏收藏的所有書，都代表著Nora人生的不同版本。如今，她可以把那些「能選擇卻沒有選擇」的機會統統重新再做一次選擇。

故事後來的發展及結局我就先不透露，但可以肯定的是Nora經歷的其實你我都經歷過，你我都曾經無止盡思索：「如果那時不這樣選擇可能會更好

吧！」的確，我們每個人心裏大概都有想過人生中某些決定若能重新選擇，那該有多好？這個審視舉動或許是美好的，因為審視自己的人生方可有進步的可能，但最難的往往是接受現在版本的自己。

書中的午夜圖書館有一本《後悔之書》，記錄了Nora一生中大大小小的遺憾。當她藉著圖書館的力量去扭轉後悔局面，才發現這不是她想要的。書中寫著：「Life isn't simply made of the things we do, but the things we don't do, too.」（生活不僅僅是由我們所做的事情構成，還包括那些我們沒做的事情。）每一個人生中的決定都有無窮影響力，我們都努力地希望讓自己不要後悔，但大大小小的後悔依然充滿我們的人生，令我們有很多「如果」、「假如」。有趣的是，我們都忽略了這些「遺憾」和「如果」原來是構成我們獨一無二的人生旅程的一部分，是不完美但又完美的演繹及呈現。

回想起來，我這屍骨旅程也是這樣！在外地工作時，有時候都會想說：「如果我有幸長時間在海外訓練、工作，可能我的遭遇、際遇會完全不同，甚至更好！」老實說，是否真的比較好也無從得知，因為想像、遺憾的投射必定比現實的滿足，同時也可以令人比較失落。不過，隨著時間及經歷，實在不得不認同俗語所說的「條條大路通羅馬」，更令我深深明白到要達到或是完成一

個里程碑的方式並不會只有一個。或許你會覺得我的想法很阿Q，但現在我的確很慶幸我的道路是這樣一步一步走出來，我很感謝沿路看到的獨特風景，我發現更多有趣或是更多元的可能。當我再次審視往日工作衍生的啟發、點滴，就如我把人生中的故事重讀一遍一樣。想起讀哲學時教授們跟我們說，一篇文章必須要經過重讀及修訂才稱得上是文章；哲學家們也不嫌其煩的提醒我們要定時反思及思考自己的人生才會豐盛，就如Nora在午夜圖書館裏讀到自己的《後悔之書》，才發現或許有些遺憾和不愉快其實只是自己不放下自己的莫名執著。

這本作品名義上是《骨子裏的話》的修訂版，但意義上是我審視自己的一個過程。修訂版中增添了黑暗的故事及內容的同時，也帶來災害後人們互相為大家增添希望及溫度之舉。《骨子裏的話》的前言中寫道：「我的工作是一場透過骨頭及屍體進行的自我修行。」即使到現在我依然這樣覺得，依然可以從當中感受不同啟發，獲益良多。與當時不同的是我現在看到不同事件、事物的大大小小可能性。這些來自我自己的故事或是靈感大爆發的點點滴滴，相信也不是甚麼人生指路明燈，但貫徹地依然希望透過骸骨、逝者給我的啟示及啟發，看到人類這生物既矛盾又有趣的一面、歷史帶出的啟示，以及隱藏在空隙中的無數可能。如《後悔之書》一書中寫道：「Possibility is the basis of everything. Every hope, every dream, every moment of living.」（可能性是一切的基礎——每個希望、每個夢想、每個遺憾和每個生活的瞬間。）

希望這本修訂版能成為你們的《後悔之書》，藉著當中的黑暗或是失意，讓你從背後或空隙中看到光的可能。

李衍舊
二〇二四年

前言

骸骨辯證法

在古哲學史中，經常會讀到先賢們聚在廣場，一邊喝酒一邊論天論地論道理。這種辯理論的方式，後來被稱之為「辯證法」（dialectic），是中西方哲學都常使用的一套求真求知識求結論的方式。

辯證法的重點是就著一個中心主題或主張，從多角度去探討相關的面向，從而令討論結果更接近事物的事實（fact）及真相（truth）。辯證法強調多角度，包括支持及反證的論據，從而令到結論在經歷反證後愈辯愈明。

辯證法的重點人物是來自歐陸哲學、十九世紀的黑格爾（Hegel），他的主張源自古時的柏拉圖，不過黑格爾將這個方式抽離了哲學層面，主張套用到不同的生活範疇。他相信一個主題經歷過支持及反對，是與否這兩者之間的矛

盾，才會讓我們從中合成出最真實的面貌。而這個合成的過程是非常個人的，我會形容為猶如一趟成長的旅程。

在只有我與骸骨的空間裏，我與骸骨也會展開深入的對話。我會去探討他或她身上每一個印記、每一道痕跡的由來及經歷，這個漫長的深度談，就如亡者把自己的一生重播一次給我看。每次這樣的相遇及「邂逅」都是以悲劇開首──這是必然的啊，因為他們離世了才會讓我們相遇吧。

可是，過程中也是一個只有我們、沒有手機（喂？）的世界，於是情感顯得如此真摯。這種出生入死的感覺很實在，就像認識了一位生死之交一樣。如果有看過我的作品、訪問，甚至認識我本人的讀者們，都知道我是與骸骨打交道的人，更會知道我其實有一段很長時間（甚至到現在）依然覺得我的工作是一場透過骨頭及屍體進行的自我修行。在清潔骨頭及清理屍體時，我的內心往往異常平靜及專注。我覺得在那個空間、那個時刻，整個世界只有我跟骸骨或屍體，那種平靜……有點像在禪修的修士或練習瑜伽時「心無雜念」的感覺。而大概就是因為可以這樣「修煉」，每次處理案件或協助災難善後之後，我都從中得到很多、很實在的啟發。

這些突然靈感大爆發的點點滴滴，後來化成了每週三在《信報》〈視線所及〉的文字，而這些作品亦因為一場對話而結集成書。當中的文章篇幅及用字因為出版要求等，可能與原文不盡相同，敬希見諒。希望讀者可以從這本作品，從透過骨頭及屍體所啟發我的文字當中，看到現實的殘酷、人類文明的有趣、歷史的啟示，以及最重要的——光與希望。

即使世界黑暗，文字的力量都不可忽視。

願，這些骨頭的說話能成為從裂縫中滲透出來的光束，為你、這個社會及世界添上溫度。

李衍蒨
二〇一九年

推薦序

社交平台流行，資訊泛濫的現今，很多文字都沒養分，欠缺主題，不盡不實，更談不上甚麼內容⋯⋯有幸讀到 Winsome 的專欄〈視線所及〉，精神為之一振，耳目一新！

自從看過第一篇專欄文章，我就開始追讀 Winsome 以前的作品，也很希望這些文章能夠保留儲存，結集成書。

Winsome 文筆流暢，深入淺出地闡述不同內容。她用誠懇的語氣，輕鬆道來，自然流露她對事件的感受，推而廣之去引導讀者思考和反省。

Winsome 無論談及任何大小課題，都會很自然地用人類學的思維去切入，以獨家的多元文化視野，跨文化的理解能力，去推廣現代人最缺乏的包容力、關懷心、獨立思考和批判！這是她高明和吸引讀者之處。

站得高，才看得遠；視線所及之處，才能去得更遠，更廣，更闊！要有這種視角，才能更清楚認識自己，看清種種社會現象，審視這世界的過去未來。

〈視線所及〉結集成單行本，真的太好了！一本好書在手，不但開闊眼界，增加知識，更能跨越時空，作者讀者一起共鳴。衷心多謝Winsome的努力付出。

祝一紙風行！

讀者Ada
二〇一九年

第一部分

與骨為伍的日子

第 一 章

法醫人類學家的日常

我是「骯髒」科學家

我算是一個非常「骯髒」的科學家（dirty scientist）。「骯髒」一詞能夠語帶雙關地帶出我的專業，一方面指工作的地方往往不限於乾淨、整齊的研究所，反而最常出現的都是災難現場、鎮壓、兇案現場等混亂不堪的地方，甚至是曾經於歷史上發生過不同類型暴力、鎮壓、戰爭的地區及國家。親自到現場搜集證據及挖掘骸骨，雖然一雙手往往弄得髒兮兮的，但可以令逝者不至於掉進歷史的空隙裏，是我身為法醫人類學家最引以自豪的使命。

「骯髒」的另一意思是，我經常接觸的屍體種類或是屍體的狀況都比較「噁心」，但即使如此，我都不曾卻步，希望利用自己的科學知識協助尋回死者的生前經歷。

人類畢竟是感情動物，法醫人類學家雖然經常接觸死亡，可說是被訓練出來接觸死神的職業，但難免仍會有對死亡覺得不舒服的時候，特別在災難性及反人道的事件中。一方面，我們會盡最大的努力把墓穴裏亡人的證供和盤托出；另一方面，我們亦對家屬需要經歷這一切感到抱歉。法醫人類學家都需要

有雙向視線（double vision），必須視死者為違反人道罪或行為的證物，也要感受眼前死者曾作為某人至親的存在。這種理性與感情並存的雙向視線，是法醫人類學家必須具備的。我們不可只理性地分析一切，同時亦不能感情用事。

法醫人類學家不能令亡者復生，卻可令他們的聲音就算到了六吩以下都能被聽見。法醫人類學家的工作必須極度透明，讓家屬清楚了解至親死前一刻的面貌，並讓他們準備面對已經沒有辦法倒帶重來的人生。法醫科的工作不是抓兇手，最重要的是把過去及將來連結起來——「過去」是到底眼前的他經歷了甚麼，「將來」是家屬重新振作的力量。不論歷史背景、政治、宗教，一個人的死，總會為世界帶來一點有關人性的啟示。

死因研究所

不少朋友及讀者推薦我看日劇《Unnatural》（《不自然死因研究所》），說劇集非常好看，特別是資料搜集做得非常充足。我一直對日劇非常有信心，但沒想到除此以外，劇集每一集所描寫的情感以至人性都很全面到位。

劇中的不自然死因研究所（Unnatural Death Investigation Laboratory, UDI），專門為死亡事故提供死因調查及解剖服務。在日本，由於資源不足、屍體運送不便利等原因令解剖比例偏低。研究所為想尋找死因的家屬提供協助，同時亦為警方及政府機構處理部分案件。

劇中不停提到法醫其實也是醫生，但因為薪酬較低，以及工作接觸的是屍體而不被尊重。其中一集講到研究所實習生久部六郎的父親是一名權威醫學教授，有一宗火災案件需要他提供支援。在離開研究所前，教授與六郎對質，質問兒子在讀醫途中休學去當法醫的跑腿到底有沒有羞恥之心，全面流露出對法醫的厭惡。根據日本數名學者之研究及統計，日本的解剖率可說是發展國家中幾乎最低的，只有百分之二。學者分析其中一個重要原因是日本的訴訟制度的

問題。

一般而言，訴訟制度可以分成兩大類：對抗制（adversarial system）及審問制（inquisitorial system）。對抗制又稱抗辯式訴訟制度，此制度為英美法系所使用的法律制度，當中涉及檢方或原告或原告代表律師與被告或被告代表律師於庭上互相爭辯，並在公正人士（如法官或陪審團）面前揭示和確定真相，從而相應地通過判決以證明被告無罪。而審問制又稱糾問式訴訟制度，為歐陸法系所使用的制度，起源於羅馬法和《法國民法典》。此制度下，法官兼任檢察官的身份，會協助調查及提出證據，以證明被告有罪。

而日本因為歷史原因，其訴訟制度遊走於對抗制和審問制兩者之間。在處理所有案件時，必須由警察作出調查並斷定有沒有可疑。如斷定沒有可疑，案件直接結案，亦不會考慮司法解剖。有學者相信當中有部分案件為錯誤判斷，導致兇徒未能繩之於法。

在劇中，六郎的父親認為日本的解剖率一直無法提升，是因為沒有人願意為死人掏錢，就算肯調查，死者也不會復活，言下之意就是覺得調查死因及尋找死者身份等是浪費時間的事情，倒不如救活在世的人比較有意思。真的是這

樣嗎？六郎的回答與部分日本學者非常一致，認為不解剖是對死者極為不尊重的做法。學者們自十多年前就開始倡議不論有沒有可疑的個案都必須以醫學影像來進行虛擬解剖（virtual autopsy），希望減少出錯的可能。

法醫學是為未來做準備的科學，透過找出人們因某些疾病而死的原因，或是研究因身體經歷了甚麼事情而衍生出一些需要特別留意的現象，這些發現都可以讓我們更了解人類，為未來做準備。即使工作環境及條件不理想，法醫依然希望透過自己的專業，代替已經不能再發聲的人宣告真相。就如劇中年輕能幹的女法醫三澄醫生所說：「法醫學是法治之國不可缺少的學問，要是法醫學遭到輕視，國家就會變成不法之國，你想住在這種國家嗎？」

我覺得法醫學的工作就像修行。每當處理新案件，特別是當死者的個人經歷與自己接近，或是自己有所認知的，都會忍不住質問自己：「是不是已經盡力了？」「如果他是我的誰，我會後悔這一切嗎？」這其實也是一個有關人生的思考。法醫學這個專業除了執著於找出真相，還要協助家屬及生還的人釋懷，讓有些失去不至於白白浪費，生存下來的也不用歉疚。

每當遺體放在我們前面，就代表生命被帶走的這個事實已不可逆轉，然而有些事，我們還是可以為死者及生者做。

黑色止血鉗

有意無意間在台灣看了一套名為《黑色止血鉗》的日本醫療劇，它與一般傳統醫療劇不一樣，背後探討了很多不同醫護人員的心態，特別是在科技發展一日千里的現代社會。

劇中有數集講述主要人物高階醫生，他非常推薦使用高科技醫療產品為病人做手術，卻被手術案例的數字蒙蔽了雙眼，只著重寫論文，希望博取晉升機會；另一個控制微創手術器材「達爾文」的權威醫生，他同樣自視過高，沒有真實理解及考慮病人自身的情況及條件，令病人差點在手術枱上因為醫療失誤而死去。這種情節不得不令人反思，到底現代科技應用及醫學存在著一個怎樣的關係？

Netflix推出一套名為 *The Bleeding Edge* 的紀錄片，探討醫療用植入物（medical implant）這個當代產業。*The Bleeding Edge* 講述的脊醫Dr. Tower亦不例外。他為自己的髖關節作替換後，關節靈活度當然提升，可是沒多久就出現異常的精神及神經症狀。Dr. Tower後來發現自己血液中的鈷

（cobalt）含量比常人高，猜想和植入物有關，於是提出更換植入物。當時的最新技術是以金屬作為關節的凹凸接駁，在此之前幾十年，使用的都是金屬凸、膠凹的設計。他最後決定今次採用舊技術，而為他動刀的醫生亦證實了Dr. Tower的假定——那個金屬關節不知怎的竟開始轉化成液體。手術後一個月，Dr. Tower意識恢復，精神情況迅速改善。正是因為親身經歷過，每當有病人進行置換手術後出現柏金遜及失智症病徵時，他就會主動檢查他們血液中的鈷濃度。

科技發展不能解決所有事情，而醫生的價值也不在於醫療過程中有否使用高科技或最先進的醫療設備，而是在醫治病患時是否以病人的福祉及健康為優先。醫者之心加上技術，才是衡量醫者價值之道。

二○二一年香港出現了一宗醫療植入物相關的醫療事故。瑪麗醫院一名女病人在該年四月進行了雙膝關節置換手術，完成手術後留院並於翌日進行X光掃描觀察。誰料在手術後的第四日，醫護團隊從X光等影像發現病人右膝蓋被植入左膝的植入物。同日，醫院已經即時向病人及家屬解釋並致歉，亦評估沒有即時危險及影響，但建議進行更正手術。一名沒有參與是次手術的骨科醫生表示，一般來說這樣的情況實屬罕見，對病人來說也影響不大，無礙病人康

復。不過，他亦指出若進行矯正手術，拆卸裝錯的人工關節時有可能導致骨頭缺損，因為在首次安裝時會以骨水泥將人工關節固定在骨上，而剛完成手術時黏力的確比較強，因此拆卸時有可能會傷害到骨頭。

法醫人類學家經常透過醫療植入物協助尋找骸骨主人的身份，其中常見的是髖關節的置換。這個產業的出現可說是醫療科技造福人類的一個大躍進，可是人類享受這種科研成果時，往往很少去考量到底這些科技安全與否。

說回剛才的事故，就算手術失誤不會對病人構成生命危險，但病人每次被抬上手術枱其實都是生命的挑戰，沒有百分之一百的安全，隨時有可能出現意外。即便手術不會對生命構成即時危險，但手術難免會留下傷口，始終都會有可能造成感染。我曾經接觸的一個個案就是這樣，一位女士在上郵輪遊玩前幾天進行了膝關節置換手術，康復進度一直良好，但就在登上郵輪的那天發燒並且覺得不適，在自己的房間休息後就再沒有醒來。當送到解剖室解剖時，才發現她的肺部積水嚴重，而且手術傷口出現了感染的情況。

垃圾桶內的骨塊

如果你曾經在不同地方讀過我的文章，甚至看過我不同的訪問，都會發現我常常提到一個詞語——「尊重」。對於我們這些與骨頭為伍的工作者，尋找死者身份就是出於對逝者最基本的尊重，不論在世的人還是已經離世的人，都必須以人道方式對待。不過，在我工作的地方也曾遇過令人憤怒及失望的不尊重行為。

有一次的挖掘項目，所有人分成三小隊，其中一隊共六個人負責挖掘亂葬崗，其他兩隊則各有三人。事情發生在負責亂葬崗的小隊中，那天工作過後，這個小隊的隊員拉我到一旁，說他們發現有些碎骨被丟到墳場的垃圾桶。我聽後大為震驚，當然想弄清楚發生甚麼事。原來那些碎骨都是小隊的隊員從泥土裏撿出來並堆放在一起，到最後才裝進袋子往垃圾桶裏丟。一問之下，該小隊的負責顧問拋下一句：「這些骨頭都不能辨認，可以直接丟掉。」

在世界上大部分國家，隨意丟棄人體骸骨都是違法的，雖然這個項目的指引手冊說明只要碎骨小於五毫米就不用保留，但也不代表可以這樣隨意拋棄。

聽到這個「解釋」後，我也沒有心思研究發生過甚麼事，眼前重點是把碎骨從垃圾桶拯救回來。我問了一些基本資料，例如甚麼時候發生、有沒有看到墳場職員清理垃圾桶等，然後便著手幫他們預備袋子，寫上有關資料及日期，並帶同基本工具如笤箕及手套等，立刻出發尋找碎骨。

果然，垃圾桶表層就已經明顯看到碎骨的蹤影。我取出相機拍下現場情況後，才請同事把能找到的碎骨都撿起來。除了撿拾比較大塊的碎骨外，我們甚至在一個仍裝有咖啡的咖啡杯內撿到細小的碎骨，由於咖啡帶酸性，因此不能把骨頭直接沖水，而需特別處理。我們當下先將碎骨移離咖啡杯，之後便帶這些碎骨回研究室，放在通風、乾爽的空間，希望可以令它們乾透；然後使用乾掃簡單清潔表面，如情況許可，會在掃或牙刷上加上少許水及洗潔精將骨頭上的咖啡漬清除。一路上，我們嘗試了解及分析為甚麼會發生這樣的事，重點是這些人都曾經受過專業訓練——他們為何要把骨頭丟到垃圾桶裏？

在現代社會，要得到人體骸骨是一件很容易的事。畢竟，網上販售及購買骸骨的監管並不太嚴格。售賣人士以「複製品」、「模型」等稱呼來販售骸骨，就不會觸犯販賣操守及使用守則，令不少人對於處理及管理骨頭都變得不敏感。

數年前，加拿大英屬哥倫比亞省（British Columbia）保守黨的候選人在她男朋友生日當天送上了一個她從網上購買的骷髏頭作為禮物。而男友因為實在太開心的關係，把這份禮物拍下照片並且上傳到Facebook與他人分享。

按照男友的說法，這個骷髏頭應該是來自十八世紀的，卻不知道是來自哪裏。當地負責保障原居民權益的Prince Rupert Aboriginal Services Society負責人表示，一個正常人如果收到這樣的禮物，甚至接觸到相關的物件時，第一時間必定是要找出這個頭骨來自哪裏，經手人又是誰，繼而決定是否或應否物歸原主。教這位負責人最擔心的是，到底這個頭骨是否屬於加拿大當地的原住民？

雖然這位保守黨候選人隨後在一個電話訪問表示，經過查證後這個頭骨並不是原住民的，亦指出這個頭骨的價錢不便宜，並且有相關文件證明其來源。她更表示她的男朋友一直以來都很想擁有一個真實的人類頭骨，尤其是因為他們都是紋身藝術師，她堅稱擁有一個真實的頭骨對他們的工作很有幫助。

人體骸骨及有關其歸還的動議，一直以來對原住民社區來說需要特別慎重的處理，不論這些骸骨來自世界哪個角落。骸骨跟一般博物館展品完全不同，

需要不同的處理程序。一九九〇年，美國原居民經過多年抗爭後，終於成功向美國政府爭取訂立一個受法律監管的程序，用意是把他們祖先的骸骨、殯儀用品及相關文物逐一送回他們的保護自治區（reservation）。截至二〇一七年，共有超過五萬七千件骸骨及超過一百萬件陪葬品已送回原住民手上。

一名於博物館館藏室工作的專家寫道：「曾經有美國原居民到館藏室參觀，並示意職員把館藏室的燈關掉。他們同行的長老隨即燃起了一束鼠尾草（sage），以其帶有甜味的煙淨化空氣，同時吟唱著歌曲。長老後來解釋他這些舉動，是因為他有責任令祖先們知道他依然關心原居民，以及記得他們仍然在異鄉。」這種把在異國展出的文物送回原國手上的舉動不限於美國及其原居民，其他包括：美國送回紐西蘭、美國送回阿拉斯加原住民、德國送回澳洲、澳洲送回日本，更有日本的北海道大學送回給日本小島上的原住民等。

交還流落於異地的骸骨幾乎是博物館界，甚至人類學界這幾年的重點題目。美國原住民曾表示他們不反對科學，他們不滿意的是在沒有得到認同下，以科學的名義偷取了他們祖先的屍體，漠視他們自身的文化。藏於世界各地屬於不同原住民文化的展品及骸骨都代表著以前對於原住民文化和原住民本身的不尊重、壓榨、欺壓及不人道表現。侵略者抵達一個新的地方時，把眼前所有

的都視為新發現，或是「不文明」（primitivism）的證據，甚至訛稱原住民是古人類。

因此，就算只是骨塊也不代表可以隨便丟棄。雖然指引手冊說明可以不保留小於五毫米的碎骨，但於我而言哪怕是一毫米的也好，都是一個人的一部分。這些看上去不重要的碎骨，我會把它們集中在一起，放進一個小袋子，跟隨著其他骸骨部分一起放好。無論骸骨來自哪個地方，完整還是碎塊，都必須受到尊重，畢竟骨頭主人曾經是一個活生生的人。

塵土

重看美劇《欲骨查》（*Bones*）第六季，對我來說這季特別好看，因為不只帶出科學精神及法醫人類學的知識，更重要是強調了人性層面，不論是犯案者、科學家還是查案者。當中最觸動我的，是要查出知名心臟科醫生死因的一集。

這集說到頂尖法醫人類學家Dr. Temperance Brennan的研究所同事及FBI拍檔接報，於一個中下階層的住宅區找到一副被樹根纏繞的骸骨，需要找出其身份及事情始末。Brennan後來發現骸骨的主人竟是一位頂尖的心臟科醫生，並發現自己與這名醫生過著非常相似的生活，令她開始意識並擔心自己會否像這名醫生一樣，死後沒有被人發現，孤獨地離開這個世界。

劇集精彩之處，不僅是對法醫人類學的應用或劇情起伏，更是有血有肉地描述了我們對死亡的恐懼。劇中引述英國詩人艾略特（T.S. Eliot）著作《荒原》（*The Waste Land*）中的〈葬儀〉篇，其中一句寫道：「我要為你展示一把塵土中的恐懼。」（I will show you fear in a handful of dust.）艾略

特從《聖經》章節中得到「塵歸塵，土歸土」的啟發，從而引導讀者思考自身的死亡——若到了最後，當我們看到手中的一把塵土時，即使現今的鑑定技術有多先進，卻依然沒有辦法能夠分辨出那是屬於誰的塵土，那麼我們會怎樣？這令我們對死亡感到加倍的恐懼與不安。

詩人丁尼生（Alfred Tennyson）的《亞瑟王之牧歌》（Idylls of the King）中寫道：「我會不斷尋求、探索，無論晝夜，及（面臨）死亡及地獄。」（But I follow up the quest, despite of Day and Night, and Death and Hell.）我們害怕的其實不是死亡本身，而是沒有人再記起我們，忘記我們已經消失或不存在；我們懼怕的是沒有人記得我們曾經存在於世上，甚至沒有留下任何痕跡就離開這個世界。

「為甚麼要那麼辛苦，為那些被埋在泥土下的骨頭工作呢？他們都已經死去了，無論找到身份與否都不重要吧？與其關心他們，倒不如把資源、金錢花在在世的人身上或醫療上，這才比較合理及划算吧！」聽到這些話的頻率其實頗高，但每次聽到心裏都很不好受。令我難過的，除了因為大家不明白其實人類學理論為骨頭尋回其身份，背後履行的是人道主義的承諾。其實是為了未來而準備的科學，最重要是法醫人類學透過應用各種科學知識及

人道主義的重點是無論眼前的對象是甚麼身份或政治立場，是加害者還是被害者，是當權者還是平民，只要他的生命安全受到威脅，又或受傷需要協助，我們都會施救，以彰顯對生命的尊重。因此在法醫人類學，無論逝者是誰或是被誰滅聲，我們都會盡本分，為他或她尋回身份，同時透過我們的工作為那些被欺壓、壓榨的人發聲，尤其是被殺害、被虐待或被隨便拋到亂葬崗和無人塚的人。他們死前被視作物件，不被尊重、尊嚴被奪，法醫人類學家此時此刻就要擔當一個重要的角色，不只找出兇手，更要利用墓裏被滅聲的「證人」來找出事實的真相，揭示出背後的人性醜陋與黑暗，還死者尊嚴。

為骸骨找回身份、給家屬答案是人權，也是公義。公義不只是一個官方蓋印、一張死亡證，也可以是社群的認可與認知——家屬有權知道失蹤摯愛的命運及下落。人道組織的介入、干涉及調查，以及為受害者進行身份鑑定，就是為家屬療傷的重要里程碑。法醫人類學家參與整個過程，好讓家屬清楚了解他們至親人生的最後一刻，繼而學習面對失去，好好地過以後的人生。

的確，法醫人類學家的工作未必可以像其他專業一樣，帶來政策上或即時性的改變。但，因為我們深信人的價值並不止於任何政策類型上的定義，所以我們依然緊守著這個另類的崗位。可能就是因為認知到死亡這份恐懼和無助

感，令我每為一副骸骨去尋找身份時，總有份莫名其妙的執著。這份執著的背後隱藏著不同的價值觀念，其中一個就是對每一條生命的尊重與珍惜。

其實，法證、法醫題材經常被小說、戲劇作品甚至電影青睞，不論是創作者還是觀眾都覺得這個題材十分神祕及有趣！可惜的是，在很多影視作品中，這些知識都是以不完整的方式呈現。希望隨著大眾認識更多關於法醫人類學的知識及領域，令大眾重塑對於法證、法醫領域的想像，以及反思與生死相關的議題，甚至引發大家重新思考現代社會相關領域的監管，並從多角度去理解及探討。冀盼藉著這些少許的推動，能令社會上更多人關注人道及尊重生命尊嚴等議題。

在宗教繪圖等藝術作品中，常常都會看到光環，特別是在聖人畫像的頭頂。頂著光環的他們象徵著美好品格等德行，就好像所有的不好都被光環的光掩蓋，只看到好的或某些傾向性的印象。

法醫人類學家的工作是為那些被滅聲、被沉默的人發聲，找回他們的身份，這是專業賦予我們的使命及任務。我們服務的對象也不限於死者，更要為家屬提供一個答案、一份安慰。

或許，這份使命會令我們有頂著光環的感覺，可是事實永遠是殘酷的。我們清楚體會到遇害者和家屬到底在面對著甚麼，這一切又是怎樣的折磨，而因為要不停遊走於冷靜與熱情之間，徘徊在理智與感情的邊緣，我們經常背負著高壓、無力、無奈、難過等情感。有時太過集中於專業的使命，會覺得有種正在替天行道的感覺，就會忽略了我們堅守著的人性及放在心中的真切感受及心情，內心總有種說不出的惆悵。

所以，光環？不了，就丟掉吧！反正這個光環從來都不應該出現，畢竟我們只是以尊重人性、尊重死者、尊重所有遇害的人的角度出發，以我們對生命的熱情作為不滅的燃料，為家屬清除未知、困惑及惶恐，把過去及將來連結起來，讓他們可以一步步慢慢用腳跨過傷痛。而這些是基於人類應有的良知，並不是法醫人類學家獨有。

第二章 骨頭雜談

骨頭的初衷

對我來說，骨頭是一樣很有趣、很特別的東西。它除了可以令我領悟死者的人生之外，於我而言，更是尋找社會意義或是鍛煉韌性的一場修行。

之前讀到聯合醫院前骨科主管陳志偉醫生的專訪，他以前臂為例，如果小朋友斷了這塊骨頭，只要處理得好，一年後檢查時有可能找不到任何骨折痕跡；如果是成年人傷及同一位置，因為過了發育期，骨頭的韌性比小孩低，如果傷及周邊的肌肉及神經，引發的後遺症則更為嚴重。我們的前臂由兩根骨頭組成，分別是橈骨（radius）及尺骨（ulna），對我來說，它們永遠是形影不離的。而在眾多骨折情況當中，前臂中的尺骨骨幹骨折（亦稱parry fracture）是典型的防禦性創傷及骨折——在面對任何以頭及臉部為目標的攻擊時，我們身體的本能反應是舉起手，以前臂抵擋，因而令攻擊落在

橈骨（radius）

尺骨（ulna）

尺骨骨幹之上。因此有時候我們檢查及分析骸骨時，如果找到有這類型的防禦性創傷，幾乎可以推斷骸骨曾經被人近身襲擊或攻擊。

不論哪一種骨折，只要沒有因此而喪命的都會慢慢癒合，這個過程稱為骨質重塑（bone remodeling）。而在癒合過程當中，骨頭的增生與肌肉一樣，必須給予適量的壓力及力量。這也是了解骨頭重塑其中一個最重要的生物力學（biomechanics）概念。在可接受的壓縮力之下，長骨（long bone）會變形，準確來說會變短及膨脹；在張力之下，則會拉長並且收窄。而剪切力（shear force）則會導致出現角變形（angular deformation）。成熟的骨細胞（osteocyte）會在這些撕裂或壓力點出現，並且會因應著刺激而增生或噬骨，整個過程都會在一生中流動地改變或出現，骨頭的大小和形狀因此會按所受的壓力及力量而不停轉變。換句話說，當骨頭承受力量時，可以按著外來環境的力學刺激，並隨著時間增長，令骨質增生變得更強壯。

當骨頭受到外力攻擊時，會以自己的方式互相配合，守護著骨頭的本體，防止再受更多傷害。同時，亦因為外來的力學刺激，令協助抵擋攻擊的骨頭順應變化，慢慢變得更強。或許整個過程需要一段時間，但在完全癒合之後，骨頭的負重能力會比之前有過之而無不及，需要接受的是當下自我的狀態，以及明白整個過程需要時間！

小傷口的啟示

每次去挖掘的時候，我們都被提醒要特別小心，尤其必須戴上防割傷手套，因為你永遠不知道在泥土裏何時會遇到碎玻璃、螺絲釘等；另一樣要注意的，就是必須在出發前注射破傷風疫苗或接種加強劑，因為萬一意外割傷了，就很容易感染破傷風桿菌。

每年都有學生說：「破傷風應該很小事，不用大驚小怪吧！」我聽到後都會請他們搜尋一個辭彙——「opisthotonus」。Opisthotonus即角弓反張，病人的背會強行拉直，令身體向後反折。在網上搜到的，往往是一八〇九年查理斯‧貝爾爵士（Sir Charles Bell）的油畫，描繪當時患有破傷風的病人出現角弓反張的情況，第一眼看到其實相當駭人。

破傷風桿菌（*Clostridium tetani*）透過傷口進入體內，並會以破傷風毒素（tetanus toxin）的形式遊走全個身體，毒素阻擋了神經從脊椎傳遞訊號到肌肉，造成肌肉抽搐（spasm），繼而令沿著脊骨的肌肉痙攣，導致身體不由自主地向後彎曲，呈半圓形的弓形。在嚴重的時候，患者躺下的話就只有頭

和腳跟能接觸地面，較輕微的症狀則主要發現於顎骨的肌肉，令上下顎肌肉鎖住（lockjaw），甚至可以導致肌肉撕裂及脊椎出現骨折。當然這些症狀可以透過找出原因作出適當治療而改善。

秋冬季節時天氣乾燥，不少人的手指都會皸破（「爆拆」）或有很多倒刺，曾有朋友的手指頭因而受感染腫起來，甚至含膿。另一位朋友覺得很不可思議，因為疫情之下，常常用酒精消毒雙手，應該不容易受到感染才對。醫生邊開抗生素藥單，邊說事實剛好相反，因為消毒時洗掉了手上原本的油脂令皮膚變得乾燥，皮膚更易皸破，反而增加傷口感染的風險。

所以不要看輕一個小小的傷口，不要以為一定是小事，其實也可以引發很嚴重的後果。

掃描這裏看看一八○九年查理斯‧貝爾爵士（Sir Charles Bell）那幅油畫吧！

耳仔軟

小時候在耳珠釘了耳洞後，就一直想在耳骨再釘一個，覺得好好看，可是又怕痛。跟朋友說起，作為過來人的她說，只要耳骨夠軟就不會太痛，於是我請她摸摸我的耳骨，怎料她說：「你去釘應該會好痛啊！」長大後也常聽到有個說法，說要找耳仔軟的另一半，他就會乖乖聽老婆話。

科學有給我們相關的見解嗎？

耳朵——你看到的外露部分——都是由皮膚、軟骨及六組肌肉組成。骨頭組織無論是骨骼還是軟骨，都是以特定的細胞組成。而人在胚胎的階段，這些細胞就慢慢開始發育成骨頭，唯獨在氣管、鼻、耳朵、喉嚨等地方會找到沒有成為骨頭一部分的軟骨。軟骨的特性是比較少血管，對外來力的抗壓力較高，甚至耳部的軟骨經常與鼻的軟骨在重塑臉容手術中相互移植，以協助臉部或顱骨底有缺陷的人重拾正常生活。

由於軟骨與其他軟組織一樣會在腐化時消失，換句話說，耳朵會在人

死後就慢慢消失不見。不過，從骨頭上來看，耳朵消失後會剩下一個位於顳骨（temporal bone）上的外耳道（external auditory meatus）小孔。

當然，亦可能因為不同原因而出現病理發炎或受創，令軟骨變得比較硬，但最後還是有可能完全腐化掉。整個身體不同部分都會經歷腐化，只是時間問題，而令到軟骨變硬的其實是一個名為「鈣化作用」（calcification）的現象。顧名思義，這是因為鈣大量沉積在同一位置所造成，一般而言鈣化作用的出現離不開曾經受過傷（traumatic）、受過感染（infectious）及先天（congenital）原因。這種礦物沉積現象可以發生在全身任何一個組織，但與骨折後癒合的骨痂不同。

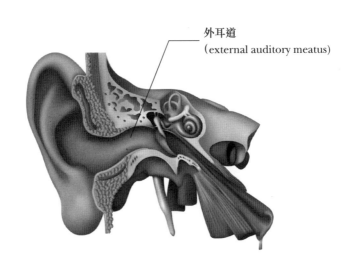

外耳道
（external auditory meatus）

在一個活人體內，癒合作用幾乎是從受傷的下一刻就開始。受了傷，血液就會立刻增加流量到受傷位置。由於皮質骨（cortical bone）與骨髓死相比，本來就比較少血管，較少血液會流到皮質骨，因此會相對容易有骨頭壞死的情況發生。皮質骨壞死的例子之中，盆骨壞死或髖關節壞死較常聽到，簡單如老人家跌倒或踩單車出意外受傷，都有可能導致這個情況。

在一般情況下，當血液流到骨頭受傷的地方，骨頭就會進入血腫階段（hematoma stage）。之後，隨著免疫細胞趕到，血腫會被推開，成骨細胞就會開始工作，協助骨痂形成（callus formation），把斷骨位置連合起來。一般到了這個時候，如果患者打了石膏的話，醫生都會按情況把石膏拆掉，不過接下來的幾年才是能否完全痊癒及恢復正常活動能力的關鍵。

因為骨痂結構比較柔軟，需要數以年計的時間慢慢透過重建（remodeling）來成熟，以達到受傷前的骨頭韌度。過程中如果傷口固定得好，患者又好好的聽從醫生指示，便能夠令骨折癒合，不會在骨頭上留下任何痕跡。若患者沒有找醫生處理或沒有按照醫生吩咐的話，骨頭癒合的結果則可能不太「靚仔」，骨頭有可能因癒合的位置不準確而縮短，亦有可能因為骨痂的位置不完全正確而減低受傷關節痊癒後的活動能力，所以才會有跌斷過的地

方很容易再次斷骨這個說法。要骨痂成熟到像骨頭那般，大約要六至九年，視乎受傷位置而有所不同。所以，如果你以為那些鈣化了的組織不會腐化就大錯特錯了！

當我們找到一個頭顱時，也絕對沒有辦法從骨頭去判斷到底這個人是否「耳仔軟」，同時，不同的科學領域亦暫時沒有研究證明耳仔軟與聽話不聽話有關係。所以，這個說法是不是真的，暫時沒有辦法考究，或許可以請已婚的讀者們與我們分享一下心得。

瞓捩頸

冬天時，社交媒體上除了出現很多打邊爐的照片之外，更會常常看到其他洗版字句，例如「我瞓捩頸啊！」。為甚麼在天氣寒冷的時候特別容易出現這個情況？

不同研究都曾經嘗試找出肌肉及關節疼痛與寒冷天氣的關係，至今仍沒有一個絕對的說法，但也能看到一點端倪，其中一個就是因為寒冷天氣減少了關節及肌肉的活動，所以當我們在睡夢中醒過來，突然要做出很大的動作及姿勢改變時，肌肉及關節便對這突如其來的改變有點反應不過來。

寒冷的天氣往往令我們自自然然地將自己蜷縮起來，例如在室外的話，會很自然地把肩膀收起，在寒風中瑟縮。

這些不自覺的姿勢變化來得很自然，但久而久之就會令我們頸部及背部的肌肉收得很緊，一整天甚至幾天下來都沒有放鬆，無形地為肩頸位置增添壓力。另外一個很重要的原因是天氣寒冷，身體內的血管（特別是沒有太多衣物

保護的位置）會收窄以減少血液流通到頸部、手部、腿部等位置，確保能夠為軀幹這重要部分保溫，所以也令血液循環變差，出現「瞓捩頸」。

還有一個說法是因為寒冷天氣導致氣壓有所改變，繼而影響關節滑膜中的氣體（synovial gas），即平時導致我們能夠「啪」手指的關節中的氣泡有所改變，再影響相關關節及鄰近肌肉結構，因此刺激了關節周邊的感官接收器（sensory receptor）而令人產生「啪」手指的滿足感。雖然有風濕的朋友們會有異常地深的感受，但從科學角度來說，這個說法就需要更多的研究去證實了。到現在為止，沒有很多研究指出對人體的傷害或是影響，亦沒有一個機制解釋身體這些行為對於關節炎的相互影響。一九九八年，Donald Unger發表了一份自我研究報告，他六十年來每日都會「啪」左手手指兩次，右手則為對照實驗，結果發現自己沒有任何關節炎等相關危機。不過，如果「啪」頸則有可能造成旁邊的大動脈（vertebral artery）撕裂，影響腦部供血，因此千萬不要亂試。

要改善這個現象，最簡單的就是去按摩。若然想立刻在家自救，可利用熱力去暖敷，或是進行伸展運動等都是有效的紓緩方式。

石頭人

　　每年二月的最後一天被定為「世界罕病日」（Rare Disease Day），其中一個我們比較少接觸的罕見病是「石頭人」。由於石頭人症非常罕有，所以也是最近才有正式的中文名稱——進展性骨化纖維發育不良。

　　二○一八年《香港01》曾經就這個罕見病訪問了香港一名患者Molly。Molly在訪問中憶述中三因為一次感冒而住院，但出院後覺得頸部活動不太順暢，於是醫生轉介她到骨科。但在此之前，她因為嘴內「生痱滋」，不論吃喝或講話都要遷就傷口，口部動作也不敢過大，誰料當「痱滋」痊癒後，口就不能再張大了。直到中四，從X光看到她的骨頭全都連在一起，終於被確診患上石頭人症。

　　石頭人，即stone man disease，學名為fibrodysplasia ossificans progressiva（FOP）。FOP病率差不多是數百萬分之一，當病患身體上的纖維組織（如肌肉、韌帶等）受傷時，身體不會啟動治癒機制，而是把這些組織骨化（ossification）。FOP是基因病變的後果，不受任何種族背景或性別

等影響。患者最初病發的是頸部、肩膀，之後由四肢蔓延至全身。我們能從患者小時候診斷出病症，他們出生時有著奇怪的腳趾公，有點像年輕人或小孩的腳趾公外翻（juvenile bunion），而且皮下組織會慢慢出現類似腫瘤的徵狀。一般FOP患者大約只有四十歲壽命。

在日常生活中，我們也會經常無意地令肌肉或筋腱造成輕微創傷（microtrauma），這種創傷不會太嚴重或帶來太大痛楚，受傷部位會自行修復，惟此機制不適用於FOP患者。如果FOP患者跌傷或接受任何入侵性治療，受傷部分會出現骨化現象，限制了他們的活動能力，並且會限制口部活動，久而久之影響其說話能力，亦令他們無法進食，最後往往會營養不良。因些姿勢，影響日常活動。英國的風濕病學家Paul Wordsworth指出FOP最可怕的是它會奪去患者的活動能力，將其困在一個軀殼裏，成為他與這個世界的屏障。

二〇二三年獲得「兒科醫學會鵬程奮進堅毅獎學金」的Hayley只有八歲，同樣受著FOP所影響，但她的人生沒有因此而從此被鎖上。她在二〇二三

年年底分別到韓國及上海參加國際機械比賽，又積極參加STEM訓練及比賽。Hayley入讀幼稚園前幾天，媽媽發現其頸部異常腫脹，醫生替她檢查後建議即時入院，以便進行化驗找出確實病因。大概半年後，Hayley身體不同部位，如背脊、腋下都出現腫塊，有些會消退，有些則持續不散。直到Hayley五歲左右才找到病因而確診FOP。不過Hayley並沒有因此而感到自卑和限制自己，反而積極參與學校活動，擔任班長服務同學。

有賴醫學的發展及科研人員的努力，對比以前因為對這個病充滿未知，甚至會以入侵性的方法處理病徵而導致情況變得更壞，現時FOP的治療方法已漸見曙光。不過，雖然醫學界現在已經推出了針對FOP的兩種藥物，但使用上依然有限制，亦未能完全根治問題。其中一種藥物，只限於加拿大籍的病人使用；另一種已經於二〇二三年抵達香港，但只限十八歲或以上的病人注射。

但總括而言，很多罕見疾病患者的經歷，或許對旁人來說都是隱形的、難以想像的，因此，設立「世界罕見病日」就是為了讓世界不同的人關心及認識罕見病症，並嘗試體會病患所經歷的種種，為家屬送上支持。罕見病患者正在我們看不到的地方默默地承受著一切，希望大家多了解和明白他們，藉此為他們送上多一份關懷。

第二部分

從骨頭看見

第三章　膚腸腸科學障

科學為先的屍骨代言人

在一份解剖報告裏面，法醫必須為兩個很重要的問題尋找答案：一個是俗稱COD的死因（cause of death），另一個是簡稱MOD的死亡方式（manner of death）。死因顧名思義就是造成死者死亡的原因，那死亡方式呢？和死因有甚麼分別？

死亡方式是指某個傷勢或某個疾病如何奪去一個人的性命。一般來說，死亡方式有五種：自然死亡（natural）、意外（accident）、自殺（suicide）、他殺（homicide）及未能確定（undetermined）；有些情況或在某些國家甚至會有多一個選項：屠殺（genocide）。基本上，除了自然死亡之外，其他都屬於非自然死亡（unnatural death）類別。要推定是哪一種，就必須依賴法醫或死因調查員在檢查屍體時分析所有創傷、傷勢，甚至屍體的變化，看看是否與其中一種死亡方式相對應。因此，在推斷死亡方式時有一個「未能確定」的選項。

換句話說，當法醫及死因調查員選擇「未能確定」這個選項時，就代表經

過調查及分析後，認為沒有足夠證據及資料去總結死者是自殺還是他殺，繼而不能為這案件下任何結論，亦代表這案件沒有答案，依然未能結案（close file）。導致沒有結論的原因，可以是因為屍體被發現時已經進階腐爛——即已過脹氣等階段（詳見《屍骨的餘音》第六章及《屍骨的餘音2》第三章），令很多直接證據或軟組織已經消失；又或是從屍體身上找到的傷勢的成因，有至少一處與其他傷勢的成因出現矛盾或有出入，因此不能下任何結論，直到這些疑問一一解開。

因此，在處理每一宗案件時，相關人員都必須緊記所有案件都不一定是非黑即白，可以是死因未明或死亡方式未能確定，不能因為想草草了事而妄下定論。即使到了今天，法醫科乃至醫學仍有限制，或是囿於技術所限，因此在未有實質證據支持下，承認未知及不確定有時候是最正確的做法。

我曾在塞浦路斯工作，其中一個崗位就是挖掘項目的助理顧問。我們花了兩星期教授人骨學及法醫人類學「雞精班」的學生，最後是考試時間。

考試分為兩部分：口述報告及案件處理。口述報告以小組形式進行，讓學生盡他們所能去講述他們面前的骨頭的故事，包括性別、年齡、生前病理等。

考試時，學生都很緊張，不停皺眉頭，壓力很大。要這樣考試，是因為法醫人類學家本來就經常在高壓環境下工作（不是要在短時間內遞交報告，就是要經常受執法單位及家屬催促），因此必須確保他們能夠在這樣的條件下，仍能利用科學作出準確判斷。

雞精班學生在完成課程後的確會脫胎換骨，但同樣亦最容易忘記要對屍骨及逝者表示尊重！在雞精班上曾有一組同學說骸骨上的顳顎關節（temporomandibular joint）有「蓄意」（intentional）移位（dislocation）的痕跡。我聽到後滿頭問號，不禁思考到底誰會蓄意令到自己受這種「甩臼」之苦。席間兩位教授聽到後亦相繼追問。同學解釋道，她原意是想表達這不單純是意外（accidental）事件，可是當我們追問她是如何作出這判斷時，她卻答不上話，只說從骨折及創傷痕跡推斷出來。不過，這也不代表不能是蓄意事件造成的傷痕啊。例如看到骸骨上有手腕骨骨折（Colles' fracture）的痕跡，這是人在跌倒時，條件反射地以雙手撐地而造成的，但到底是被推倒，還是不小心跌倒的，骸骨暫時未能為這背後原因提供答案。因此，這位同學應該直接說「傷痕很大可能並不是意外造成」，避免使用像「蓄意」這種強硬的詞語。

另一邊廂，同期有另一位學生在處理屍骨時，會為死者取名字並且以該名字稱呼死者。在美國，當未知死者姓名時都會按照報告上的性別而以John Doe或Jane Doe來稱呼死者，但這位學生因為個人感知而隨便為死者取名，實在是不太尊重。除此之外，她在檢查骸骨時，更會為死者編造受傷的故事，甚至死因，實在有違專業操守。法醫人類學家Dr. Galloway曾寫道：「必須避免證據以外的推測。」（Conjecture beyond the physical evidence must be avoided.）我們的報告，說的每一句話都很關鍵，因此選詞必須謹慎。我們是屍骨代言人，必須事事以精準科學為先。以上述兩個學生的態度去工作，不但沒有尊重死者原本的身份，更重要是沒有尊重自身的專業。

推動力

一直以來，我在不同場合總會遇到類似的提問：「我對於法醫人類學其實很感興趣，而因為你的書／分享／訪問，令我重燃對這個方面的熱情。請問你對有意向這方面發展的人有沒有甚麼建議？」

我很感激大家問我這些問題，但坦白說，好幾次我都很想回答：「不要！不要進入這個專業！」背後原因很簡單，因為這條路很辛苦，有時候甚至會覺得辛苦到透不過氣，覺得快要窒息。因此，我每次回答時，都離不開這個意思：「不要只走法醫人類學的路，要多選一條路。法醫人類學的領域很窄，如果這是其中一個鑽研範疇沒有問題，但千萬不要光靠這個來走你的學習生涯。」其中一個原因，是因為對此專業的需求普遍不多（應該是慶幸吧！），因此世界上單以法醫人類學為正職的人很少，我們多半都隱藏在大學中做研究、教授知識等。

這也是我人生第一位法醫人類學教授Felicia植根在我腦裏的話。當我接觸到愈來愈多不同地方的案例後，我就更能體會這番話背後的意思——法醫人

類學的「行頭」實在很窄，如果沒有其他專業知識的話會很辛苦，而且法醫人類學牽涉的知識很多很廣，你必須要對各樣專業都有基本了解。

法醫人類學的確是一個很「有型」和有意義的專業。我們一生經歷過的大大小小事件，都會間接或直接地在骨頭上留下印記，但骨頭涉及的不只是科學，更重要是不要遺忘骨頭背後的人性故事。正因如此，對於大屠殺、大型災難的挖掘及人道工作，我每次都很投入，雖然同時都很難受，但我知道在這些悲劇面前，我更不能放棄，更不能懦弱起來。

想要投入這門專業，也要有心理準備，因為相關的支援、理解及資源不足，有時候難免會受到白眼甚至不尊重的對待，有時那種走兩步退一步的感覺就如被鐵鏈拉住，像是不停跟我說：「你不如放棄，不要再糾纏下去，浪費時間。」

但我知道我無路可退，更重要是我知道我對於某些事情的執著是不會改變的。請不要低估我的韌性，我是不會放棄，無論說話有多難聽。世界這麼大，總會有一扇窗、一道門是我能打開的。

記得自己的初衷是甚麼，記得自己對人性的感受，記得不公義、被滅聲的必須要被聽見。

只要有這些堅持，即使被折翼困在籠內，依然能飛。

至於為何曾經想向問題的學生們說「不」，但最後反而鼓勵他們去嘗試，背後原因就是希望他們能把這份作為人的堅持、對真相及人道的信任傳下去。一直以來，法醫人類學家都是以為逝者發聲為己任。來自蘇格蘭的著名當代法醫人類學家 Dame Sue Black，就曾因一宗虐兒案件，令她一直抱憾。由於她的其中一個專業為人體解剖學，因此即使是活人的案件，都依然需要她的幫忙。

案件中，受害女童因為受到父親虐待而上庭作供，警方在調查時聯絡了 Dame Sue Black，因為影片裏只見施虐者的前臂而見不到施虐者的樣子，因此希望她可以利用人體解剖學分析到底影片證供裏的加害人是否被告。她按照要求分析影片，並特別專注於影片裏施虐者前臂的靜脈紋路，而該紋路與被告的確吻合。可惜的是，陪審團最後判施虐的父親無罪，受害女童被安排回到家中。Dame Sue Black 後來問被告代表律師，是否因為陪審團覺得她的靜脈對

比不可信，律師說不是，反而是陪審團覺得受虐人哭得不夠可憐，因而覺得她不可信。Dame Sue Black覺得對受害人於心有愧，知道她被送回家後，常常離家出走，繼而流落街頭和染上濫藥惡習。

自此案後，Dame Sue Black創造了一個可以從照片及影片中以靜脈紋路、皮膚皺摺及標記去判別虐兒者手部及前臂的系統。按照統計，英國已經成功利用這個系統，將二十八宗虐兒個案的施害者繩之以法，而在有使用過這個技術的案件中，超過百分之八十的犯案者最後都會主動自首。

我們要緊記，調查過程不能感情用事，必須用理智邏輯主導。但諷刺地，有時候個人情感——可以是快樂、悲傷、憤怒——卻會化成動力來源，變成尋找真相甚至是推動科學研究的原動力。

在我過去的工作中，得到答案的家屬們的確未能令死者起死回生，但答案對於家屬來說依然是萬分重要，這也是我從事此專業的推動力。家屬形容他們未得知真相前，心中彷彿留有空白——可以填上任何符號或文字，完全沒有頭緒到底是甚麼一回事。法醫人類學家為他們提供答案，即便是悲劇，也可以是悼念的開始，填補了心中那片空白。

的確，與他們聯絡及溝通是最難的，聽到他們嚎哭，那種痛是痛入心脾的。但，背後潛藏的是這一句：「終於結束了！終於結束了一頭霧水的空白日子。」這種漫無目的的等待、未知的無奈是一種精神折磨，而我相信家人、摯愛從不應該被如此虐待。因此，以不同方式辨認身份，為生者解困是其中一個我堅持下去的動力。

解剖維納斯

正所謂「你有張良計，我有過牆梯」，中世紀的歐洲及西方國家因宗教等種種原因而禁止解剖人體。隨後，隨著文藝復興進場，再次燃起人們對解剖學及人體結構的好奇，因此衍生出讓人以不同形式學習的工具。

十八世紀製作的「解剖維納斯」，就是醫學院講授解剖學的工具。維納斯時期的社會在宗教推動之下，極度推崇了解及學習人體結構。他們覺得如果不了解人體結構，就等於不了解和不欣賞神的創造力及恩典。維納斯是古羅馬神話中代表愛情、美及豐饒的女性，幾乎就是理想化的裸女繪畫及雕塑原型。以維納斯為解剖學工具原型的原因能追溯到當時社會對女性的看法，用蠟像封印了年輕女性的美跟吸引力，同一時間透過其身體展示著人體構造的奧妙；一方面能欣賞維納斯美麗的外表，另一方面卻被迫直視令人有點難受的內臟和器官，既矛盾又諷刺。現在的解剖維納斯成了放在博物館的展品，從學習工具到藝術品的身份轉換，都是因為在學習解剖學的路途上有其他選擇。

在宗教的限制之下，如果要解剖的話，只有死刑犯的屍體可以用。因應著

當時社會環境的情況來看，解剖被視為比死亡更嚴苛的懲罰。也就是因為這個原因，當時的當權者才允許使用死刑犯的屍體進行解剖，而絕非因為支持解剖學家或是想藉此機會令醫科更進一步。英國在一七五二年訂下解剖為謀殺犯的判刑選項之一，代替行刑後「示眾」的方案。因此，某程度上，大眾開始在解剖學家及劊子手兩者之間劃上一個等號。

因為宗教及社會的限制，令當時遺體捐贈這條路不通，當時卻有著實際的需求去解剖屍體以作學習之用，因此解剖學院就出現不道德的交易。最初以因為截肢而被切下來的組織為目標，但醫學生並不滿足於手臂或是腿部這些組織的解剖。然而，學校無法為他們提供完整的屍體，所以部分學生只好轉到巴黎的解剖學院，因為當地允許利用無人認領的屍體進行解剖。

十八、十九世紀初，醫學院才開始為學生提供正確的手術訓練及研究。工業革命時期的倫敦，工業正值起飛，卻沒有對公共衛生及健康帶來改善，導致傳染病肆虐，亦因為缺乏抗生素令死亡率急劇攀升。聽上去的確很悲情，但對當時的倫敦人來說，死亡正代表機會。因為屍體供不應求，部分解剖學家為了達到目的，甚至會不擇手段，向自己的親人「下手」。發現人體循環系統的十七世紀外科醫生及解剖學家哈維（William Harvey）就親自解剖了父親及

妹妹的屍體。

另外一個十分普遍的手段，就是從墓園裏將某人的家人屍骨挖出來研究，這行為被稱為「盜屍」（body snatching）。有些解剖學教師甚至鼓勵學生大半夜到墓園盜屍。在十八世紀，某蘇格蘭學校更表示可以用屍體代付學費！

英國倫敦考古博物館（Museum of London Archaeology）於二〇一三年在一個墳場挖掘出二百六十二具屍體，其中三分之一都是不完整的屍體，一個棺木裏甚至有多個重複的屍骸部位，證明是來自多名死者。經過生物考古學家及法醫人類學家細心研究後，發現這些不同的部位都有著標準的切割模式，以及有不同類型的刀痕。最後，他們得出一個結論——這些屍體被大概分成三份，分給不同學生學習人體構造及練習解剖。這些骸骨不是醫療廢物，而是醫學院透過遺體學習的證據！在不同文化中，遺贈計劃是確保醫學院有無言老師以供教學。這些捐贈給醫學院的無言老師，無論是其中一個器官、身體的一部分，還是整具屍體，都會被防腐甚至塑化（plastination），再加上現今的影像技術處理，這一切都是為了讓學生能從中獲取最多的人體結構及解剖知識。

解剖學訓練，不只關於人體結構，同時關於生死、人性與利他主義、尊重

及尊嚴這些哲學大命題。它是修行的一種，整個學習過程都是非常個人的。當你了解到解剖學的美好，就會想將這份心意傳承給後代，讓其他人都可以學習人體結構的奧妙，並進行他們自己的心靈修行。世事難料，很有可能兩年後、幾個星期後，甚至數天後放在各個醫科生面前的無言老師，他們的心今天還在跳；可能你們在街上曾經擦身而過，他或她還在過自己的生活；也有可能就是今天，令他或她決定成為無言老師的一員。無論是醫科生、法醫人類學家、生物考古學家，還是因無言老師的無私而受惠於醫學研究結果的大眾，都必須要存有感激的心，這種對人類的無私奉獻不是必然的。

對我來說，解剖學除了是一門專業知識之外，更是一面鏡，在它面前，你可以看到自己對死亡、對屍體、對生命、對解剖的一些潛在觀念。你可能會感覺到，美可以透過死亡來加強，而不限於漂亮的外觀及外貌。

「集資」斷症

紀錄片 *Diagnosis* 中，醫生 Lisa Sanders 藉著她在《紐約時報》的專欄向全世界讀者招手，希望透過「集資」——收集資訊——出一分力，幫助了解更多稀有病或未知病症的病患情況。

很多人會覺得對抗病症不就是單純從科學作出考慮，沒有其他。或許我的專業並不是醫學，但光是我特別鍾愛的古病理學（paleopathology），已經可以完美地反駁「疫症只有科學依據」這個説法。在法醫人類學中，病理學或古病理學這「斷症工具」也是異常重要，透過這個工具，我們可以得出「鑑別診斷」（differential diagnosis）。

如果有留意就知道新冠疫症發展至如此規模，並不是歷史上首次（「巧合」地在一七二〇、一八二〇、一九二〇及二〇二〇年都有），而疫症的出現，與地方的歷史、社會環境、生活方式有著莫大的關係，如海盜患有壞血病（scurvy），是缺乏維他命 C 的嚴重後果；工業革命時期因為經濟起飛及城市人口稠密的關係，倫敦的環境壓力引發致命的肺結核（tuberculosis）大規

模爆發，繼而令人想到利用馬甲（corset）來協助患者，並因此推翻了馬甲一直只有女士穿著，並且只是裝飾性衣物的印象（詳見《骨痕》〈白色瘟疫的痕跡〉一文）。換句話說，透過研究這些歷史事件，以及人類骸骨因為病症留下的痕跡，我們可以推算有關族群的資料，如死者是社會哪個階層的人，並間接告訴我們為何他們的結局是這樣，從而著手改善公共衛生。

現代醫學是人類與死神之戰的「金手指」，多得醫學發展，我們漸漸獲得了與死神過招、交手的機會，但要如何使用這金手指，或是如何理解，並不能單一地只從科學去學習。醫學的崛起與每個地方的歷史及人文史都有關係，文理科的學習及應用本來就不應該一分為二，並排而行才能讓大家以多角度去了解事件，並知道如何預防同類事情在將來再次發生。

鑑別診斷是一個系統化的診斷方式，根據不同的條件、因素，從多個選擇中排除不合適的選項，從而以類似症狀去推斷出一系列有可能的病症。鑑別診斷基本上與醫科同義，在任何有關古病理學的研究中，對研究人員來說都是非常重要的一步。在法醫人類學，同一個病變經常會出現不同名稱、不同定義，例如「瀰漫性特異性過度骨化」（diffuse idiopathic skeletal hyperostosis, DISH）及「強直性脊椎炎」（ankylosing spondylitis）（詳見《屍骨的餘

音3》第六章），尤其在古病理學病理定義上，即使與醫學上有著同樣的名稱，背後兩個領域的定義卻有所出入。因此，我們對症狀的描述有著異常高的要求。在醫學診斷上，會用到家族病史、醫學知識、臨床研究作為判斷的條件，而古病理學除了考慮以上診斷條件之外，亦會考慮歷史、生活習慣等。例如，如果看到一副牙齒有嚴重損耗的痕跡，我們可能就會從多個角度進行分析，可能會探究牙齒主人在生時是不是有著用牙齒當「第三隻手」的習慣，或是會否與當時社會或特定階層的飲食有關係，這些都是我們要考慮的不同情境。

得出鑑別診斷，等於令觀察者了解其他研究角度及解讀，對推斷骸骨的經歷非常有用。同樣，透過Sanders的「集資」實驗，不禁令人想像到底網絡能為醫學，特別是稀有病患，帶來怎樣的一個不同的世界，甚至拯救多少人的生命？

信任與斷症

紀錄片 *Diagnosis* 中一位主角正是十七歲的 Lashay Hamblin，她患有離奇疾病——不論她喝或吃任何東西，都會自動把那些東西嘔出來，經過多年的測試及診症，究竟 Lashay 患的是甚麼病依然沒有明確的答案，更遑論如何處理。前文提及 Sanders 醫生的「集資」斷症計劃，卻可能帶來一絲曙光！

Sanders 最初有「集資」斷症這個想法，是因為每個病人去看醫生時，都希望對方解答「到底我有甚麼問題？」這難題，而醫生也必須要正確診斷出病症，才能對症下藥。可是她行醫這麼多年，明白到斷症（making a diagnosis）並不像乘數表般有著永恆不變的鐵律，反而比較像偵探一樣，需要抽絲剝繭，得出結論。Sanders 在醫學院其中一個最重要的得著，是發現一起斷症的同伴就是醫生最佳的斷症工具，因為即使是同一個病人，大家都可能有著不同的斷症。回想起來，我們法醫人類學的病理診斷都是同出一轍，集大家之大成才能得出一個比較合理及完整的說法。

Sanders 最後成功從世界各地（包括香港）收到接近三千個回覆，當中有

些斷症更與她的臨床意見一致——她與部分回覆的人都認為Lashay患有「反芻綜合症」（rumination syndrome）。這個病與一般厭食症情況不同，可以因為包括抑鬱、焦慮障礙、強迫症、創傷後遺症等精神障礙誘發。Sanders後來把Lashay的所有醫療紀錄從頭到尾讀一遍，發現部分的測試結果都和這個斷症不謀而合，而原來早在Lashay出現病徵後兩年，已有醫生判斷為反芻綜合症。

可是，當Sanders把這個診斷結果送到Lashay及她媽媽Jodelle手上時，她們都不太滿意，亦不想接受。Jodelle解釋，因為之前做這個診斷的醫生態度不好。而Lashay說每個醫生都有自己的判斷，她每次去看不同醫生就被告知不同病症，對她來說很難受，現時已不知道應該相信甚麼、做些甚麼。最誇張的是，曾有醫生因為Lashay是青少年，就覺得這一切都是Lashay自己幻想出來。這一切都令她們對醫學失去信心。

不是每個人都善於溝通的，包括醫生和我們這些從事法醫科的人，要與病患及家屬溝通時就更加不容易。慶幸在我過去的經驗中，所面對的人都是比較友善。當然，跟家屬講述至親的經歷時，他們未必容易接受，問題也會比較多，但那些都是出於關心而不是不信任的疑問。人與人的交流中，信任是很重

要的。在生死攸關的情況下，病患對醫護人員的不信任可以是溝通失誤造成。我們惟有本著同理心，揉合專業知識及意見，設身處地，才能與大眾及家屬建立信任，有效地為有需要的人服務。

第四章　頭腦歷史　骨

活埋「死者」

一七二九年二月某日，有報章刊登了這樣的報道：「一名負責送牛奶的女士的女兒，最近在自己的葬禮上被活埋。葬禮上，賓客都覺得死者的身體看上去依然乾淨企理，更把放大鏡靠到她的嘴唇上，看到因為呼吸而產生的霧氣，可是女孩的媽媽保證她女兒真的死掉了。不久，女孩的屍體被落土安葬，但過了沒多久，有盜墓者前往墓穴，誰知打開棺材後，發現裏面的她抱著膝蓋，手捧著鼻涕，亦看到她為了生存或不要睡著，不停咬自己來保持清醒，隨後把她送到醫生那裏希望可以為她止血，但最後來不及。」

故事看起來很像電影情節，但在十八、十九世紀的美國及歐洲，特別是霍亂及天花肆虐期間，人們的確相信有些疾病會因為人偽裝死亡而離開身體，繼而令人痊癒，因此出現了「裝死」的做法，甚至更衍生出「安全棺材」（safety coffin）及「等候停屍間」（waiting mortuary）等措施，防止真的不小心活埋了「死者」。

這又衍生出一個稱為「被活埋恐懼症」（taphophobia）的病，除了因為

傳染病肆虐而傳遍歐美，某程度亦因為艾倫‧坡（Edgar Allan Poe）的短篇小說《過早的埋葬》（Premature Burial）及上述的類似報道令到人民更為驚恐。據說當時有醫生曾經挖掘出被活埋的活人，說在開棺時看到屍體在裏面活動過的跡象。

這些活埋個案的真實性沒有辦法考究，畢竟已經過了這麼多年。值得留意的是，這一切都發生在法證都科學及法醫學成熟之前，當時的人對屍體變化及腐化過程不是很了解，因此說看到屍體在棺材活動過的跡象，其實可以是屍體腐化而造成的錯覺。就如歷史中顯赫有名的亞歷山大大帝（Alexander the Great），根據記載，其屍體在死後沒有任何腐化跡象，而古希臘相信屍體沒有腐化就是神。可是現時有新的推論，指出這與亞歷山大大帝死前罹患吉巴氏綜合症（Guillain-Barré syndrome）有關，令他身體癱瘓、呼吸非常淺、身體沒有恆溫及瞳孔完全放鬆，看上來就像死了一樣。換言之，亞歷山大大帝有可能還沒有死，因此其「屍體」當然沒有腐化，甚至他的聽覺可能依然靈敏，聽到周邊人就繼位一事爭吵，亦聽到防腐師在自己床邊工作（詳見《屍謎》〈這個世代還有假死嗎？〉一文）。

說回那些裝死的個案，通常都是以悲劇收場，不過亦有說法指部分人成功

被救回來，全因盜墓者意外地成為英雄，在前往「發財」時發現人未死而及時將他們救起。這應該算是對盜墓者少有的正面評價吧！

喚醒良心的大火

一九一一年，紐約市發生一場被譽為「改變紐約良心」的大火。

事情發生於一九一一年三月二十五日的紐約三角內衣工廠。當時的管理員為了防止員工在工作時偷溜出去抽煙，把所有出路及門口鎖上，導致在火災發生時員工不能逃出，共計近一百五十人死亡，死者都是被燒死或被迫跳窗逃生而摔死。

根據當時《紐約時報》報道，事件發生後，數以十萬計的家屬及旁觀者魚貫湧到附近的殮房，而很多屍體因為嚴重受傷，完全認不出來，記者甚至形容為「不能用屍體稱之」，不少家屬只能透過遺骸上僅有的飾品及服飾來辨認身份：有媽媽透過她親手縫製的襪褲認出了女兒；有父母透過手指上燒到溶掉在肉上的戒指找到女兒；有男子透過遺體手上的求婚戒指，並在她身上找到屬於自己的懷錶而認出未婚妻，原來他們訂婚不足二十四小時；有父親排隊排了五個小時，把三個女兒都認出來，可是因為太悲痛當場企圖自殺……種種傷心欲絕的故事上演逾百次，氣氛極為悲痛。

是次慘劇，令紐約市不得不正視工廠安全問題，並需確保工人要有安全及更理想的工作環境，因此促成了工會的成立。

用了接近一百五十條人命喚醒的良心對後世影響很大，但令人不得不發問的是，是否每次都需要用人命才能喚醒良心？發生在九十年後的九一一事件，因為傷亡數目太大的關係，美國才開發全國用的DNA及指紋資料庫；又例如二〇一八年年底，因為加州大火才衍生出「快速DNA」技術。每一次，法醫人類學這個專業出現相當重要的發展，都是因為大型的災難事件。在大型災難（不論天災還是人禍）現場或調查中，法醫人類學家的專業都十分重要，畢竟在這些事件當中，大部分罹難者可能都已經面目模糊，無法辨識，甚至有可能支離破碎，因此需要用骸骨或是牙齒去協助身份鑑定。光看技術的發展及發達程度，實在令人振奮，不過如果把背後的代價放在一起衡量，卻令人心寒。

人，是否只能以生命來換取科技的進步？

幽靈船

在二○一九年的最後四天，外媒出現了一則駭人的新聞——帶有人體殘骸的「幽靈船」沖上了日本一個島嶼！

其實，二○一七年也有類似的事情發生。當年的十一月，不止一艘「幽靈船」出現在日本海域。船隻相信來自北韓，因為船上找到來自北韓的煙盒及寫有韓文的救生衣，而令人感到驚悚的是，這些「幽靈船」都盛載著已經化成白骨的人體殘骸。「幽靈船」的來龍去脈不得而知，雖然可以按照船上物件等推測來源地等資料，卻不可能知道中途到底發生了甚麼事。一般的猜測是，由於這些「幽靈船」都是漁船，而船上設備相對簡陋，有理由相信一旦漁民出現任何狀況、意外甚至缺糧，都只能隨著海域漂流，等待救援，最後失救而死。

而二○一九年這一宗更令人覺得神秘，因為船內尋獲五具屍體及兩個人頭，而同樣地，船上亦有韓文的標示。那些屍體有部分已經變化成骨頭，警方也沒有辦法追尋兩個頭骨的來源，因此頭骨及屍體都是一個謎，這背後卻暗示著一個重要的社會現象——因為國際間對北韓的制裁愈來愈激烈，令北韓在耕作

及食物供應上倍添壓力，迫使很多當地漁民不惜冒險，以簡陋的設備遠征海外捕漁。

或許有人會覺得這些漁民很傻，就這樣賠上性命，但他們的不顧一切，其實以另一個方式令我們理解到他們生活的實況。這些「獵奇」的故事，其實是歷史的目擊者。

感恩節

初到美國時，每年十一月下旬都對感恩節異常期待，氣氛就像小時候的農曆新年——所有人聚首一堂，一邊聊聊家裏以前的故事，一邊大快朵頤，飽得完全不能動；所有商店都關門，每個人都能共聚天倫⋯⋯

而每年感恩節之前，在不同場合都一定能重溫感恩節的歷史及由來。根據美國歷史記載，當年從英國移民到美洲的人民在冬季之時，遇上了當地印地安人，從對方身上獲得生活必需品，又學會狩獵及種植等，收穫豐富。因此按著宗教習俗，為了感激上帝及印地安人的幫助，人民在一六二〇年開始慶祝感恩節。但這個聽來美好的節日原來還有另一面。

這些來自英國的新移民，同時將病毒及瘟疫帶到來美洲，因為原住民的身體對這些新來的病毒沒有任何抗體，導致很多印地安人死亡。此外，這些英國新移民佔據了原住民的土地，並大肆屠殺印地安人，一六三六年發生「培科特戰役」，令不少印地安人喪命。即使僥倖逃過一劫的印地安人，很多也被賣去做奴隸或是被流放。據說戰疫加上瘟疫，令原住民的人口由原本逾八千人，到

一六三七年時只剩下四分一也不到，而這些歐洲來的移民卻成為了美洲的「主人」。因此，在美國主流社會慶祝感恩節的同時，原住民們其實都對這個殺戮紀念日很不忿。

這個版本的歷史最近愈來愈多人留意，甚至開始以一個較溫柔的方式，例如用兒童繪本向小孩子呈現感恩節歷史的另一面。曾經在託兒所短暫幫忙照顧孩子的我，與職員討論過這樣教導孩子的利弊。最後我們都同意，其實歷史根本沒有絕對的好壞可言，而只是事實，且多數由勝利一方書寫，也正是因為這樣才要從多角度了解歷史，盡力重組當時的事實，令小朋友從小學會如何自行判斷過去到底發生了甚麼事，才能好好領悟歷史給所有人的教訓。

在日常生活中，我們的確甚少特意去聯想起骨頭的存在。它們只是我們身體內很安靜、不太有存在感的一員。由於我們不能看得見它們，一般只有在受傷或不能活動自如時，才會想起骨頭的存在及其健康。但即使我們不多想起它或聊起它，它們卻對我們生活的一切──不管是飲食、生活地域、水源、生活模式、生活經歷等──觀察入微，並以不同形式把我們的日常記錄下來。骨頭們縱使很安靜，卻比我們更清楚自己的經歷。我有時候覺得，骨頭就如我們每一個人的生平、傳記，不論生活有多艱辛還是有多豐盛，都會在骨頭上留下相

應的痕跡。可能就是因為骨頭們默默耕耘、不造作、不特別「邀功」的個性，所以吸引我花精神及時間去研究它們吧！

法醫人類學領域中有一句經常掛在口邊的話語：「人會說謊，但骨頭不會。」（People lie, but bones don't.）或許你會覺得很誇張，但骨頭若經歷任何創傷，一般都會留下線索，令我們有辦法研究傷痕到底是甚麼時候、在甚麼情況下、以甚麼物件造成，這些都能令我們與屍骸「對話」時，獲得有用的資訊。

加害者以為可以藉著死亡來隱瞞事實及加害手段來滅聲，卻不知道受害人只是換了另一個方式、另一種語言來訴說他們的經歷。透過解讀骨頭上的故事，令我們可以跨越時空和生死界限去追尋真相。

凍結時間的警報

七月十五日早上八點二十分，南塞浦路斯響起了空襲警報器。

同樣的警報器每年都會在同一天的同一時間響起，以紀念一九七四年同時間發生的事。因為這個警報，塞浦路斯從此變得不一樣。

一九七四年，土耳其兩度入侵塞浦路斯，驅趕住在北部的希臘裔人民，特別是婦女、長者及小孩，令他們被迫逃往南部。整個入侵行動中，大約有四千多至六千名塞浦路斯民眾及士兵傷亡，更有數千人失蹤至今；土耳其的傷亡人數亦有數千，民眾流離失所，有孩子瞬間變成孤兒。

這些被迫遷移的難民原本在北部的故居，到今天也如同被時間冰封在一九七四年，無論建築物外部還是家裏的擺設都維持原狀；周邊的海灘及遊樂場依舊，只是沒有了昔日一張張在嬉戲的面孔，取而代之是一道道鐵絲網及駐守的土耳其軍隊。因為這次入侵行動，塞浦路斯的尼科西亞（Nicosia）成為世界上唯一依然被分割的首都。

針對著今天依然未被尋回的塞浦路斯人，塞浦路斯當局在尼科西亞南北塞邊界附近，設立了一個尋人機構，希望從兩塞及土耳其找來相關鑑識專家，為尋找到的骸骨尋找身份，並希望透過科學認識歷史真相，令兩塞更了解對方，以達至和平，最終統一。雖然我之前到塞浦路斯工作不完全是與這個項目有關，但這個計劃乃至是次歷史事件，對歷史的影響十分深遠。

骨頭，是人死後依然存在世上的僅有憑證。人，對骨頭可以是極度抗拒，有時卻有點執著——特別是骨頭屬於自己的至親的時候。當我們把骨頭用作歷史研究用途時，它們為人的生命提供答案；當我們考究精神及靈性層面時，它們令我們思考死亡。亡者，是被滅聲的受害人，藉著我們的專業，可以令他們的人生經歷或際遇重新揭示予後人知道。這種與亡魂溝通的使命及任務，是驅使我走得更遠的動力。每個人生活在世界上的故事都是獨一無二的，法醫人類學家的任務是要前往各式各樣的墓地，細心聆聽逝者的故事，把故事跟愛惜他們的家人和朋友分享。

今天，南北塞都有為統一、和平及從這沉重的歷史中走出來而努力，希望不久將來可以省去「南北塞」的稱呼。

剝奪悲傷

曾在研討會上聽過很多與死亡有關的不同研究：有關無言老師的，有關哲學的，有關醫學倫理的，有關法醫人類學的……最令我動容的是有關失蹤人口的幾項研究，特別是家屬們經歷的一個名為「悲傷剝奪」（disenfranchised grief）的過程。

「悲傷剝奪」是掉進了社會空隙和裂縫的一個狀態——當一個人的悲傷不被認知，或因為種種原因而無法公開哀悼，又或是因為社會觀念而不獲得支持時，就是悲傷被剝奪的狀態。換句話說，一件事的發生明明應該傷心難過，但當事人或相關的人卻因為各種原因而被迫將之壓抑，因此被奪去了哀傷的權利。

在數種可以造成悲傷剝奪的情況之中，有心理學家專門研究其中一種——因為失蹤者或死者被污名化而令家屬不能公開哀悼。以墨西哥為例，可以為死者冠上污名的例子包括因兇殺案而死、因自殺而死、因吸毒而死、因愛滋病而死，甚至因為被消失而不知道其生死。

墨西哥的人口失蹤事件數以萬計，這類型的被失蹤事件，被形容為當地人民最大的痛苦，因為政府不會認真處理及看待。光是一份二〇一九年年初發表的報告就指出，墨西哥一共有四萬多人失蹤，而成功找回的三萬多具遺體卻沒有辦法核實其身分。每年的八月三十日為每年一度的國際失蹤者日（International Day of the Disappeared），不同組織都強調失蹤人士的狀態不明，對家屬來說是很無助的，他們既不是生存又不能確定已死，這個「新」的狀態將他們的存在放進了生與死的裂縫之間。

被失蹤是一項在世界很多角落都不停發生的罪行，甚至沒有停止的跡象，也暫時沒有出路，在每個社會的政策上或對當權者而言，都是被忽略甚至視而不見的一環。但是，看不見或忽略了是不是等於沒有發生過，或不會繼續發生呢？事實上，家人失蹤對一個人的日常生活影響很大，不只影響其法律及經濟上的地位，還會影響其身心健康。

想承認也好，不想承認也好，失去了就是失去了。每個人都值得在失去至親時用自己選擇的方法去悼念、紀念，不管是哪種方式也好，經歷創傷的人必須要有一個確實、肯定的告別，才能讓傷口開始癒合。法醫人類學已被視為尋找失蹤人士的其中一個重要組成部分，當中人道相關的行動亦成為一門能夠實

際應用相關知識及技能的領域。透過非牟利人道組織（例如國際紅十字會等）的協助，聯絡家屬及與當地部門溝通，協助法醫人類學家或相關法醫學者盡早找到失蹤人士的下落，還給他們最基本的尊嚴及尊重。

一百天

一百天，大約是三個月多十天。

一百天，對不少家長來說是一個里程碑，例如會為初生嬰兒舉辦百日宴。但對盧旺達來說，二十五年前的一百天所留下的傷痕，長期籠罩著整個社會。

一九九四年年中，短短一百天內，共有八十萬人民被屠殺，主要針對當地的圖西族（Tutsi）人。盧旺達當時約有八成五人口屬胡圖族（Hutus），圖西族是少數。在脫離比利時殖民統治後，政權轉交到人口佔多數的胡圖族人手上，然而在往後數十年，盧旺達一直都未有妥善處理兩族之間的對立及歧視問題。當年的四月六日，載著盧旺達總統哈比亞利馬納（Juvénal Habyarimana）和鄰國蒲隆地總統恩塔里亞米拉（Cyprien Ntaryamira）的飛機被擊落，雙雙罹難。由於二人都是胡圖族人，有傳這是圖西族極端分子的傑作，雖然無從證實，卻成為大屠殺的導火線。

對於生還者來說，二十五年前的一百天沒有任何希望，只有黑暗。當時鄰

居殺害鄰居，甚至胡圖族丈夫會殺害自己的圖西族老婆。當時的身份證會寫上每個人所屬的族群，民軍因此設立檢查站檢查，找到圖西族人就當場屠殺，而不少圖西族女性更被綁走成為性奴，甚至連神職人員也在教堂殺害來尋求庇護的人。國際政府沒有主動介入，直到聯合國游說他們才予以支援。同年七月，圖西族人聯同鄰近的烏干達軍隊反攻，擊敗胡圖族人政府。由於胡圖族人擔心遭到報復，便逃離到鄰國。這持續了一百天的殺戮才終於結束。

這類屠殺事件並不是歷史上首見，在離我們不遠處的緬甸，這些可能都是羅興亞難民的經歷。美國集中營紀念博物館於二〇一七年年底發表了一份深入的報告，列出所有可以證實這次一百天的內戰為種族滅絕大屠殺的證據，促請政府及國際間達成共識，協助拯救這些難民脫離苦境，盡早結束這次不人道事件。這些不停重複的慘劇，重申了人類社會一直以來的問題——我們都忽略歷史，沒有汲取教訓。

歷史是哲學的範例。美國學者Timothy Snyder曾指出政治可以分成兩種，簡單來說，一種就如進入昏迷狀態，另一種則是進入被催眠狀態。歷史就是放在這兩個極端的頻譜，如果沒有學習歷史而硬要選擇其中一端，最終只會步上絕路。歷史不只適用於政治層面，文化、語言、旅遊、傳媒等都要向歷史

取經。只有從多角度仔細審視歷史，我們才能洞悉每件事的緣起，擺脫重蹈覆轍的命運。

屠殺回憶錄

柬埔寨的紅色高棉共產政權，無論在時間或地域上都彷彿與我們比較接近。我對這個政權的了解，來自以前親身到金邊的萬人塚Killing Fields（殺戮戰場）及S–21（第二十一號安全監獄）旅遊，隨後讀了一些生還者的回憶錄了解此政權進行大屠殺的真實情況，甚至從人道及科學方向研究了受害者的骸骨如何進行保存及處理等。

黃良的《他們先殺了我的父親》是其中一本記載受害者親身體驗的回憶錄，後來更被改編成電影。黃良在書中憶述當時只有五歲的自己，用文字記錄他們一家原本在金邊的穩定生活，如何瞬間變成流離失所的難民的經歷。讀著她的文字，慢慢感受到她從天真爛漫、中產階級的嬌嬌女，後來因為赤柬的關係而變成需要咬緊牙關、堅強捱過悲慘的

金邊的 S-21 安全監獄

共產主義人民生活的一個小女孩，當中的唏噓及痛心經歷，令我不止一次停下來沉澱那令人哀傷的思緒。

赤柬政權認為任何知識分子都是社會的威脅，因此受過教育、前政府的公務員，甚至戴眼鏡的人都要被處決，而黃良的爸爸就是其中一分子。其中一些情節與我在Killing Fields聽著語音導航時的畫面一樣真實，感受一樣深刻，特別是講到作者的年幼妹妹及媽媽被處決的時候，我整個心都碎了。雖然黃良最後跟隨哥哥輾轉經越南到了美國，但依然可以從文字中感受到她直到今天，仍然深受戰爭的影響，所造成的創傷已經不知不覺地全面滲透於生活中。不論她如何想擺脫這一切，血淋淋的歷史細節依然跟隨著她。慶幸的是，她發現愈是跟他人分享，傷害就愈少。

金邊的萬人塚 Killing Fields

Killing Fields 中的遺骸

黃良的故事，仍發生在今天的蘇丹、緬甸等國家，人民的處境仍不斷在重複。因工作需要，我曾經到索馬里蘭、東帝汶等地區進行人道工作，當中不斷接觸不人道及大屠殺事件，即使不再陌生，但每次讀到、看到、聽到的時候，虐心感都不會減弱。又因為工作需要，我必須將死者生前的經歷盡可能重整及重現，將尋找到的骸骨分類，訪問逝者後人取得線索、寫報告等，當每個微小的細節都變得異常立體時，難免令人難過，特別是看著受害者家屬及生還者的無力及哀傷時，眼裏總不禁泛起淚光。雖然如此，我也想將一切負面情緒化成能量，把專業賦予我的能力去為他們找答案，讓悲劇正式落幕。

第五章　骨頭細疫症

人類文明的一面鏡

疫情期間，我們每天追蹤疫情的變化時，除了關注自身群體外，有沒有想到其實社會上一些被邊緣化的群體被忽略了，甚至有可能引起人道災難？美國耶魯大學歷史教授Frank Snowden指出，疫症可以說是人類文明、價值、行為、基建及倫理觀等的一面鏡。

十四世紀的黑死病，凸顯了其中一個社會弊病，就是人與人之間的關係其實很脆弱——配偶會因為害怕受到傳染而把另一半拋棄，或是父母拋棄兒女，而人們亦會爭相尋找「代罪羔羊」，希望以魔鬼之說從宗教角度找出病源。這種認為病源永遠出自他者身上的態度，在往後發生過疫症的社會都能看到。

伊波拉病毒的爆發，最初是由無國界醫生在非洲國家發現。西方國家當時的反應是愛理不理，覺得不會影響到自己。但當時無國界醫生已經意識到有可能造成大規模爆發甚至大流行，於是通報世界衛生組織（簡稱世衛），可是當時世衛的態度與最近新冠疫情的處理手法相若，直到無國界醫生一名美國女護士從非洲回國後證實受感染，美國及西方國家才開始意識到事態的嚴重趨勢，

正視問題並大規模介入，協助非洲國家控制疫情。

全球監獄的人口大約有一千一百萬，當中至少有一百二十四個監獄超越了預設的最大容量。單是菲律賓，光在一個設定人數上限四萬囚犯的設施內，就關禁著二十一萬五千人，而海地一個監獄的使用率亦高達百分之四百五十。

國際間一直規定在囚人士必須接受到與監獄外社區相應的健康及醫療服務，但現實是這些設施內的衛生情況令人擔憂。在如此稠密的環境下，囚犯的基本生活都成問題，更不要說要保持一點五米或以上社交距離這種不切實際的預防措施了。在囚人士一般都要共用洗手間、洗手盆、飯廳等地方，以上面提及的菲律賓監獄為例，部分在囚人士更要擠在一起睡在地上。在如此的情況下，若有懷疑個案，要進行隔離幾乎沒有可能，即使有空間隔離，從發病到被安排去隔離的房間，中間的時間可能已經急速傳染給周邊的人了，更何況這次疫情的病者不少都沒有病徵。試想像每天看到周邊的人被陸續調去隔離倉，然後不停傳出這些人離世的消息，就好像被判死刑、等待行刑的心情，絕對是一種不人道的折磨。

在疫症中，不論是黑死病還是伊波拉病毒，仇外（xenophobia）心理都

擔當著一個重要的角色。過去數十年，病理學進步不少，醫學技術也是，但人類的行為又有沒有隨之而進步呢？又，不同的病毒學者都說大流行或疫症是無可避免的，那為甚麼我們都沒有為這逃避不了的一天做好準備呢？的確，在二〇〇三年沙士後的一段短時間，不同研究所都投放了一定資源到相關研究之上，但很快就無以為繼，結果新冠病毒再次大爆發並肆虐全球。

每一次疫症，都在向我們展示世界的種種不平衡，以及社會上的各樣瑕疵。不過，世界上亦有部分國家如伊朗，因應疫情釋放了八萬五名在囚人士，智利亦把輕度犯釋放。這次疫情顯示了世上存在著很多超額監獄，要全面改革的路的確很長，但至少要靈活減低大規模感染的風險，令在監獄工作、囚禁的人士都不需要擔驚受怕。

看不見的死亡

新冠病毒在全球爆發時，美國的疫情嚴峻，這個肉眼看不見的病毒在美國各地肆虐，同樣地，被它奪走的生命也是看不見的。

因為社交距離等原因，病人病危時，家人不能去看他們最後一面；他們離世後，家人亦不能去瞻仰遺容，送他們最後一程。對很多人來說，喪命人數可能只是一個數字；但對逝者的家人、親友來說，失去的是真實存在的一個人，現實中無法舉行悼念儀式，令他們只能如煙一般就此消失，對家屬來說更是多了一種遺憾和悲傷。死亡對很多人來說，本來就是有點距離且感覺不太真實，你可能聽過很多也看過很多，卻未必真實見證過相關的一切，可是經過這一次疫情，這種不真實感立刻變得具體，甚至無視視而不見，感受更是隨著疫情升溫而愈發強烈。

可幸的是科技進步，有助彌補了一些遺憾。我與在美國醫院工作的朋友閒聊，她所屬的醫院給每一個病人送上一台簡單的筆記型電腦，讓不能來探望的家人能與自己虛擬地聚一聚。而所有在疫情期間喪命的人的葬禮，後來都用到

Zoom等軟件進行網上直播。

可是，雖說科技始於人性，但也不是每個地方或環節安排和處理都能顧慮到人性，當中亦可能會有衝突和爭議。在美國，有關病患送院或醫院內的情況的照片絕無僅有，其中一個原因是私隱條例。美國全國攝影師組織（National Press Photographers Association, NPPA）負責人認為相片具有連接人與人的力量，可是要取得是次疫情的照片卻是非常困難。

說到美國疫情的影像及畫面，大家可能會想起哈特島（Hart Island）埋葬屍體的航拍照片，或是醫院外的冷凍櫃貨車，讓人不禁望而生畏。哈特島位於紐約東邊長島灣，自一八六九年開始接收沒有已知親屬的亡者，包括各種傳染病的病患者。過去數十年，哈特島都被用作公墓，每年平均有一千人葬在此地。由於疫情期間紐約市停屍間爆滿，這公墓成為部分新冠肺炎罹難者的最後安息之所。

我們排斥死亡，常常覺得「反正不要在我後花園就可以」，這次疫情某程度就如死神拉起你的眼簾，要你睜開眼看清楚：這還是你能逃避的嗎？

疫情的啟示

還記得疫情爆發初期，在歐洲的意大利，疫情嚴峻程度前所未見，尤其是一個稱為貝加莫（Bergamo）的城市。

因為染疫者死亡的速度太快，當地醫院的殮房及殯儀工作人員追不上進度。根據《紐約時報》的訪問，他們說每天日出到日落，甚至到深夜都不停地接收屍體，一個接一個，沒有間斷。對少數在疫情期間依然工作的殯儀館負責人Vanda Piccioli來說，只感到無力及無奈，她說：「我們通常的工作是要給死者尊嚴，讓他們一路好走。現在感覺像是戰爭，而我們在收集受害者。」即使每天工作都會擔心受到感染，亦有一定程度的情緒影響，但她覺得自己就如一塊海綿，能協助他人吸收痛苦，因此緊守崗位，即使在口罩及手套短缺的高風險環境下仍然繼續工作。

負責送病患進院的家人同樣飽受折磨，親眼看著至親愈來愈虛弱，直到真的沒有辦法之下，才聯繫當地紅十字會來幫忙。因為疫情嚴重，醫護人手極為短缺，當地紅十字會的義工幫忙運送病人，也出動了軍人協助運送屍體或棺木

進行火化。他們往往都會待在房間的另一端，心痛地看著至親戴上氧氣罩。大家都心知肚明，這有可能是最後一次見面。即使如此，他們依然要鼓起勇氣，向家人微笑揮手道別。

除了接收屍體，Vanda更會主動向運送屍體的人要求拿取死者的個人物品，包括伴隨入院的小量個人物品，或者是病床旁邊的一本書。Vanda會把這些物件放在紅色的膠袋裏，最後送回家屬手中。這些物品都是一些很平常、很生活的日用品，一罐曲奇、一個水杯、一套睡衣、一雙拖鞋⋯⋯縱然物件主人再沒有機會使用，對家屬來說卻可能是跟逝者的最後聯繫，日常用品就成為了遺留給家人的禮物。

逝者除了會為家人留下禮物之外，其實他們的身體也會協助我們深入了解病理。法醫科是為建設未來的科學。而解剖一直以來都為人類提供途徑去認識新的病理，了解到底某些疾病如何奪取人的性命，以及將來可以如何防範。從了解伊波拉到愛滋病，解剖都佔一席位。例如在新冠病毒爆發初期，當疫苗及藥物還沒有研發成功時，解剖就成為了解病情變化及發展的重要途徑，希望從中尋找其他的可行治療方式。雖然解剖能夠協助我們重組病症的演變，但由於牽涉到的是前所未有及具高度傳染性的病症，因此必須先保護負責解剖的病理

學家，防止病毒傳播。為此，在解剖、處理及摘取器官時，必須要將相關器官放到特製化學液「消毒」數星期，再進行研究及分析。

在美國，法醫 Amy Rapkiewicz 為死於疫情的人進行解剖，她在死者的肺部、腎臟及肝臟都能找到一些在大量文獻中所記載的、有關以往疫情的發現。不過，她亦發現有些器官含有一些不應存在的細胞。當她從歷史書尋找答案時，發現一個一九六〇年代的病例有相類似的變異，而該病人最後被診斷患有登革熱。登革熱病毒可以摧毀製造血小板的細胞，繼而令體內出血不止。按照 Amy 的觀察，新型冠狀病毒也會影響血液，令到不尋常的地方出現血液凝固。

解剖 COVID-19 死者的屍體，首先當然是確認了病毒會兇狠地攻擊患者的肺部組織。除此之外，不同案例上發現病原體更會出現在其他器官及組織的血管裏，並且造成器官內的血液凝固。出乎部分病理學家的意料之外，造成腦部缺氧及血液凝固的現象有可能在染疫初期就已經出現。而因為感染過新冠而遺留下來的長新冠症狀，有可能是因為微小凝塊阻塞了我們體內最小的毛細血管，導致本來為身體細胞提供氧氣和營養、清除代謝物的功能減慢，甚至受損，繼而導致容易疲乏。

來到今天，新冠肺炎的屍體已從傳染類別第二類（俗稱黃牌）的遺體分類，變成第一類（俗稱藍牌），某程度代表當中的威脅已經減低。同時隨著疫苗及特效藥的出現，令重症比率大大減少。不過回想起來，二〇二二年年初大幅感染及死亡的那段光景，依然會令人異常感傷。這波大流行已經過去，今天對此疫症的認知，某程度就是建基於開初的慘痛傷亡案例。法醫學的啟示並不止於亡者身上，透過銘記他們的故事，將來和依然在生的人能生活得更健康及豐盛。

非一般的亡靈節

每年的十一月一日起一連三日，都是墨西哥的重要節日「亡靈節」。以往在墨西哥市中心都會舉行大巡遊，吸引世界各地的遊客前往觀賞。大家都被色彩斑斕的花朵、擺設，甚至平常覺得恐怖的骷髏骨吸引過來，然而，這一切卻與節日背後的真正意義愈走愈遠。

傳統來說，亡靈節的每件物件都有獨特含義，每家每戶都會設立祭壇，上面擺放著經常見到、俗稱「sugar skull」的糖骷髏，這些被製成頭骨模樣的糖果代表生命中的甜蜜；色彩鮮艷的萬壽菊（marigold）的香氣加上檀香味，相傳能吸引亡靈回家；獨有的剪紙藝術可提供管道，引領亡靈到祭壇前，而紙張薄片亦隱喻著脆弱的生命；亡者的麵包「pan de muerto」是提供給亡靈的食糧；鹽會按著十字架的形狀灑上，相信有著淨化亡靈的作用。最重要是在祭壇放上亡者的相片，不然他們不能「走」到祭壇前面。因為相信亡靈都會前來，家裏的人會聚在一起，憶述先人的故事，或是前往墳場拜祭，就如我們掃墓一樣。

亡靈節源自數千年前的阿茲特克（Aztec）、托特克（Toltec）等文化，對於他們來說，生命週期的其中一部分就是死亡。人的死亡有三個階段：第一個階段是當心臟停止跳動；第二個階段是舉行下葬儀式；第三個，也是生命真正結束之時，他已被人徹底遺忘——當在世的人不會想起或談論逝者，代表他已在人們的記憶中消失，真正地永遠離開這個世界。因此，對墨西哥人來說，死去的人其實依然活在大家的記憶及精神當中，並且會在亡靈節之時短暫重返人間。

疫情為大家帶來很多痛苦，世界各地很多人因此喪失生命。墨西哥的死亡人數同樣眾多，這個原本用來悼念至親的節日就變得異常重要，諷刺地，卻又因為隔離措施而令到平常的過節儀式不能如常舉行。再加上經濟考量，不少當地人決定自行在家設立相對簡約的祭壇，希望在自己能力範圍之內繼續紀念先人，令逝者知道不論時勢有多困難，他們也沒有被遺忘。墨西哥總統亦宣佈總統府在亡靈節這三天下半旗，並在府內設立祭壇，悼念因疫情而離世的人。與世界某些地方的官員相比，他好像更明白這些死亡人數背後都是人命的道理。

二〇二一年，隨著疫情緩和，墨西哥復辦了亡靈節，但是次活動旨在將盛事獻給前線醫療人員，同時亦紀念因為疫情而離世的所有人。因此，在是次活

動中特別設置專區，給予因新冠離世的人的家屬有一處可以默哀悼念的地方。

根據哀悼專區上給民眾登記的死亡親屬清單，人數約四十四萬左右。為自己的至親築起祭壇，就好比他們依然存在，與生者依然在一起。面對著眾多死亡事件，以亡靈節為一個引子，給予家人機會再次與逝者連結起來，相比之前為吸引遊客而營造的萬人空巷，這樣的亡靈節顯得更有意義。

第六章

賁卦顛覆文明

奧運場館下的骸骨

二〇一九年十一月，當東京奧運場館建設得如火如荼之際，東京都教育委員會透露在場館建址地底挖出至少一百八十七副骸骨，推斷來自江戶時代。當局進行研究後，推測此位置在一七三二到一九一九年間，曾是日蓮宗立法寺的墓地。

找到的骸骨來自不同年齡層，嬰兒、幼兒到長者都有。在這些骸骨上面都觀察到一些曾經受暴力對待及生活條件欠佳的痕跡，以當中的年長女性骸骨為例，國立科學博物館專家表示她們的胸口、牙齒周圍曾受猛烈衝擊，身上亦有多處可疑的骨折，與一般從高處跌下或受傷的傷勢分佈有所不同，因而覺得她們曾經遭受虐待或家暴。另外，從小孩的骸骨上看到有蛀牙痕跡，按照專家說法，蛀牙於當時並不常見，繼而能對他們的生活環境作出推斷，例如衛生環境不太好，飲食上也可能有一些限制。

在墓地遺址找到骸骨並不是新鮮事，即使在香港都曾經因為工程而挖掘到約十副骸骨。這些骨頭及它們出現的地方，自然地令人聯想到一些都市傳聞，

而這種以都市傳聞或故事去嘗試解釋未知的現象，在歷史上也屢見不鮮，其中一個很好的例子是因為對屍體腐化科學不了解，而把不腐化的屍體都與怪事扯上關係，繼而有「不死族」、「不腐屍」等說法。但事實上，這些現象可能只是受屍體周邊的環境因素影響，例如在《屍骨的餘音2》第三章，我曾寫到在塞浦路斯工作期間發現一具入土五年卻沒有腐化的屍體（有關屍體腐化的詳情可重溫《屍骨的餘音》、《屍骨的餘音2》或《屍謎》）。

除了首段提及的百多副骸骨，在東京都內其他奧運工程現場都曾經挖掘到骸骨，共約一千副。每一副骸骨都有獨特的故事，向相隔那麼多年後的我們訴說自己的經歷。

受疫情影響，原定於二○二○年舉行的東京奧運會，最終延至二○二一年舉行，並全面禁止外國人到場觀賞賽事，只有日本國民可以進場，但人數規定不可超過場館可容納的五成。後來由於疫情反覆，奧運開幕前夕更決定取消現場觀眾的安排，已售出的三百多萬張門票全數退款，經濟損失慘重。慶幸的是日本文化廳當年曾表示在未來的預算當中，會增設人骨收藏庫這個項目，好好保存這些在興建奧運工程期間發現的骸骨。

這一屆的奧運會缺少了現場觀眾見證運動員的汗水和努力，但另一方面，只要那些被挖掘出來的骸骨能夠好好地保存，藉著這些研究對象，我們就可以從當事人的角度去了解日本封建統治最後一個時代的人民生活狀況，猶如一份第一身證人供詞。

傳奇女武士

江戶幕府時代的東京，有些階級的女性都要參與軍事訓練，雖然多是練習為主，甚少上戰場，可是其中一個名為中野竹子的女生，後來成為女武士的傳奇。

中野竹子七歲師承會津藩的大師學習薙刀，並於之後開始訓練其他女性。

一八六八年，會津藩與新政府的軍隊正式開戰，男士都在戰場上，城內只剩下老弱婦孺。可是在所有人都順利進城前，城門已經關閉，令好多不能進城的女士因為憂慮被敵軍屠殺，於是選擇自我了斷。中野家的女士們也趕不及進城，但她們沒有放棄，中野竹子連同媽媽、僅十六歲的妹妹優子，以及另外二十多名女士組成「會津娘子軍」，並以竹子為首，向藩軍要求上戰場，更向覺得讓女士參戰是會津男兒恥辱的萱野權兵衛說明，如果不讓她們參軍，她們會就地自殺。萱野權兵衛沒有辦法下，便將她們編入衝鋒隊中。

當藩軍與新政府軍隊交鋒時，娘子軍的軍力和新政府軍隊相比，實在相差太遠。新政府採用的都是從外國購入的洋槍，娘子軍們卻只有薙刀。雖然

如此，她們近身搏鬥的實力也不弱。會津藩軍一共有五千五百人，當中有六百六十人是女性，光是竹子自己就解決了一百七十二名敵人！

但刀始終不及子彈快，在一場搏鬥當中，竹子被槍射中心口應聲倒地。優子隨即趕至，竹子在斷氣前向妹妹要求死後把她的頭顱割下，不要落在敵人手上，優子卻因情緒激動未能一刀斬斷，眼見衝鋒隊要撤退，只好飲恨離開。後來在啟程離開之前，一名士兵趕上，並把一個包裹及一把薙刀遞給優子——原來他冒著被敵軍包圍的危險，替優子及竹子完成了心願，優子亦把頭顱及薙刀帶到寺廟埋好及供奉。

其實很多人都覺得人死後，對自己的身體如何被處理沒有自主權。竹子的做法就是我們現代臨終指示的雛形，而且不只對武士來說是一種榮譽，更是對人的一種尊重。

中野竹子
"Nakanotakeko" (https://upload.wikimedia.org/wikipedia/commons/6/62/Nakanotakeko.jpg) by Liandrei was painted before 1868 and is in the public domain.)

切腹與介錯

前文提到，中野竹子不想首級落入敵人之手而請妹妹把頭割下。首級，對當時的日本人來說，是個人榮辱的一部分，而對於武士來說，最崇高的死亡方式是切腹。

古時日本人相信，靈魂存在於腹部，而切開腹部就可以展示自己的靈魂。切腹實際上是切開腹部自殺，進行時會產生極大痛苦，令人生不如死，因此他們認為能勇敢地完成這個儀式，可以凸顯武士不怕痛苦，是有尊嚴地貫徹武士道的死亡方式。

在戰國時代到江戶時代初期，切腹者在沒有人協助的情況下，會直接在腹部割開十字形狀，令內臟流出，但真正死因是失血過多。此死法可以很漫長很痛苦，雖然有醫學研究認為刀鋒在第一次接觸內臟時，人就已經會失去知覺。切腹者到後來，因為這方法難度太高，就發展成為有「介錯人」幫助的儀式。切腹者立下死亡的決心後，會寫下辭世之句——指即將去世時詠誦的詩歌，也可理解為臨終遺言。之後他會揭開身穿的和服，將刀捅進自己的腹部，第一下由左到

右切割，然後稍微向上割第二刀，使腸臟溢出。在第二刀的時候，當介錯人看到切腹者低頭露出頸部時，就會揮刀向切腹者的脖子斬下，但不完全斬斷，稱為「抱首」。

對於被付託作為介錯人的人來說，這是一件極光榮的事。要成為介錯人並不簡單，由於那一刀需要非常精準，他除了要是切腹者的親信之外，更要是劍道高手。後來有些切腹者會以扇子或木刀代替，作為形式上的切腹，而實際上致死的原因是由介錯人斬首而死，稱為「扇子切」。

切腹文化在日本影響深遠，除了古代的武士外，直至近代也偶有發生，當中最經典可算是知名日本作家三島由紀夫。崇尚武士道精神的他於一九七○年切腹自殺，並請來他的同伴森田必勝做介錯人，據說森田必勝因過分緊張，嘗試三次也未能替三島由紀夫斬下頭顱，結果改由另一同伴古賀浩靖斬下第四刀才終於成功，不難想像當時的過程對於三島由紀夫的肉體還是森田必勝的精神來說，都是多麼痛苦。三島由紀夫之死，對當時的日本社會亦造成極大衝擊。

世界各地文化對於剝奪死者尊嚴的方式都有所不同，而很多都和頭部及靈魂有關。雖然聽起來或做相關研究時的確感覺很恐怖，但從文化研究角度來

說，這些都值得我們尊重及嘗試去理解。

安納塔漢島女王

三十二個男人、一個女人、兩把槍，困在一個太平洋孤島七年，會發生甚麼事情？

二十一歲的比嘉和子和丈夫比嘉正一，一九四四年被調配到安納塔漢島，管理當地人種植椰子。當時島上還有唯一的日本人，也就是正一的男上司——日下部正美。由於當時日本在太平洋戰場已經開始衰落，夫婦到島上不久，比嘉正一就要去鄰近的島嶼尋找妹妹，戰局卻突然急變，美軍攻擊安納塔漢島及塞班島，比嘉正一因此一去不返。

數月後，海上漂來了三十一個日本人，相信是船隊的倖存者。雖然島上人口增加，但食物、農具等都不缺，甚至有足夠資源釀出椰子酒。

可是島上的男士很快就因為小事而產生暴力衝突，並拳腳相向，當中亦相傳他們因為比嘉和子而產生紛爭，因此有人提出讓比嘉和子與日下部正美結婚，好讓紛爭停止。時間跳至一九四五年八月，他們無意間在山上發現一架

B-29轟炸機，並取走飛機上的降落傘及罐頭，同時將三把槍改裝成兩把完好的手槍。

島上氣氛從此改變——男士間漸漸出現一條信條，有槍的人就可以佔有比嘉和子，而佔有比嘉和子就是島上男士的最大慾望。比嘉和子先後與三人結婚，但男士們內訌不斷，離奇死亡事件不斷上演，最後共十三人離奇死亡，其餘的生還者獲救，送回日本。

這是歷史上一件真實事件，比嘉和子後來說在島上只有兩人被殺，其他都是意外或自然死亡，但到底真實是一個怎麼樣的故事，沒有人知道。有人說，這是因為一個國家盛衰而影響個人命運的傳奇。或許，從島上的一切看來，這也是一個關於權力、慾望及人性的故事。從體制及社會結構來說，也說明了一個地方男女比例失衡的結果。

比嘉和子
"Higa Kazuko, the Queen of Anatahan" (https://upload.wikimedia.org/wikipedia/commons/f/f6/Higa_Kazuko%2C_the_Queen_of_Anatahan.jpg) by Arvin2 was published before 1957 and is in the public domain.)

死亡聖神

在墨西哥，有一個信奉「骷髏骨」的「宗教」。這副受人景仰的骷髏骨被稱為 La Santa Muerte，直譯就是「死亡聖神」。

死亡聖神是個穿著長袍的骷髏骨，一手執鐮刀，一手捧著地球儀。由於其形象是骷髏骨，容易令人望而生畏，因此被視為毒梟的聖神。死亡聖神算是一個本土宗教，數年前死亡聖神被教宗判定是來自地獄的一員，堅決否定她作為聖神的地位，亦被指是邪教，不過在墨西哥、拉丁美洲及美國，追隨死亡聖神的人數卻不停上升。有人將她視為傳統宗教的昇華，融合了當地被西班牙殖民前的民間信仰，亦被視為和平的象徵。

死亡聖神重視生存及享受生命帶給你的成果，主張以生命有限為前提來享受當下，並以不斷提醒信眾「人終須一死」為己任。在拉丁美洲，拒絕談論死亡幾乎是約定俗成的，因此很多人都因為懼怕死亡聖神的樣貌而討厭她。與傳統宗教相比，死亡聖神沒有「上天堂落地獄」的概念，亦沒有「好」及「乾淨」的概念，反而以自身死神的形象化成鼓勵信眾珍惜生命的推動力。畢竟，

眼前的死亡聖神正代表一切的終結，死亡不再是一個懲罰，反而是令生命多姿多彩的催化劑。

到底為何會衍生出死亡聖神呢？美國人類學家武雅士（Arthur Wolf）表示，其實世界各地也有人按社會的狀態來創造宗教，包括中國。而看看墨西哥的社會狀況，與其說死亡聖神看上來是敬拜死神，倒不如說是以一個比較正面的方式去回應社會因教會及政府造成的不公平，是反映出人民渴望及恐懼的一面鏡。

圖坦卡門的傳奇

一九二二年十一月，英國考古學家侯活‧卡特（Howard Carter）連同他的「米飯班主」兼業餘古埃及學愛好者卡那封伯爵（The Earl of Carnarvon）發現了圖坦卡門的墓穴。卡特在他個人的田野筆記詳細記錄他的發現，又急不及待在各個墓室探索一番。可是於數個月後的三月六日，卡那封伯爵在墓穴口被蚊子叮了一口，並在一個月後於埃及逝世，巧合的是他的狗也突然在英國長吼一聲後猝死，而卡特及考古團隊後來都相繼因為心臟病或其他原因死去。為人熟悉的《福爾摩斯探案》作者柯南‧道爾在媒體寫道，有理由相信伯爵的死是因為中了圖坦卡門詛咒。

撒除神秘的一面，這個考古發現，令當時全英國乃至全世界的人都大為振奮。畢竟一九一八年的西班牙流感大流行奪走了上千萬人的性命，整個社會氣氛低落，而圖坦卡門的故事引人入勝，卡特的堅持及強韌力令整個考古之旅克服戰爭影響，也大為振奮人心，因此被喻為戰後重建的心靈雞湯。

在流感大流行之前，全球依然活在第一次世界大戰留下的創傷之中，戰爭

令很多年輕男士喪命，拆散了很多家庭。這些在戰爭中陣亡的男孩，年紀與圖坦卡門相若，令很多喪失兒子的父母可以藉著圖坦卡門的考古故事，以及這位年輕法老王本身的身世，來哀悼已經離世的親人，把悲傷投射到這位「Boy King」身上。

在那個年頭，經歷了這麼多難過故事之後，終於有些消息是每個人不論年紀及國籍都會一同關注及慶賀。圖坦卡門的傳奇不但令現代人為之著迷，更神奇是隨著他的出土，竟然令當時的社會也能夠重整旗鼓，找到生活中的力量。圖坦卡門的一生比我們想像的還要神奇及不簡單！

文明的開端

　　許多年前，美國知名人類學家瑪格麗特・米德（Margaret Mead）被學生問道：「甚麼是一個文化中有文明的第一個徵兆？」學生預計教授會回答一些有關於考古、瓷器、狩獵、石器，甚至與宗教有關的文物。但教授回答的，卻是一塊於考古遺址中發現、來自一萬五千年前曾經受傷並已癒合的股骨（femur）。

　　股骨是人體最長的骨頭，連接著我們的盆骨及膝蓋。在以前沒有現代醫學的社會，股骨骨折需要大約六星期才能癒合。

　　米德教授解釋說，在動物世界裏，如果受了同樣的傷或相類似的骨折，毫無疑問一定會

死，因為一旦有危險靠近時逃跑不了，也不能去找水喝，更沒有辦法去狩獵食物。這樣受傷後，往往就會成為他人的獵物。

因此這塊曾經骨折但成功癒合的骨頭，是一個很有力的證據，證明有另外一個人曾經用心去陪伴傷者，照顧著他的安危，直到他痊癒。這塊癒合了的股骨，顯示出人與人之間互相照顧的精神。

米德教授說：「幫助別人去渡過難關及困境，就是一個文明開始的時候。

永遠不要懷疑一小群有心且堅定的人不能改變世界，因為事實正是如此。」

（Helping someone else through difficulty is where civilization starts. Never doubt that a small group of thoughtful, committed citizens can't change the world; for, indeed, that's all who ever have.）對周遭的人的關心、關懷及愛，可以藉著微小的行為，從你的心帶到整個社區裏面。

將米德教授的說法套用到處理大流行疫症上，醫護及其他相關人士在前線工作之際，我們周遭的人就可以成為教授所說的那個用心和精神去陪伴、照顧著傷者安危的同行者。我們每個人都可以成為同行者，並以這個方式，展現人類文明及人性。

作者按：

　　雖然寫下這篇文章後不久，一些外國學者爭論米德教授並無此説，不過當中所帶出的反思已經勝過一切！

第七章

問題組社會學

Sarah、Clare及Caylee的故事

每一條法例或規則背後，都有一個故事。

二〇〇〇年的夏天，八歲女童Sarah Payne的屍體在失蹤十七天後被發現。

當年的七月一日，Sarah與兄弟姊妹及父母前往探望祖父母，在家附近的粟米田遊玩時，Sarah誤入灌木叢及小路裏面，從此消失不見。父母發現後，連同家人朋友一起尋找Sarah的蹤影，其中十三歲的哥哥Luke報稱在尋找Sarah的時候，看到一輛白色小型貨車從小路加速開走。

事發後十七天，一名農夫在距離Sarah消失的地方十五英里以外的城市找到Sarah的屍體。農夫憶述當時看到正在腐爛的屍體大為驚訝，但他不記得屍體的姿勢，只記得其四肢已經與屍身分離，並且沒有穿著任何衣物。Sarah在死前成為了性罪行、綁架及暴力行為的受害人，各類鑑識工作亦證實了這點。

在二〇〇一年十二月，嫌疑犯Roy Whiting被定罪，被判終身監禁，至少要囚滿四十年才能申請假釋。

Sarah死後，其父母在悲痛中連同英國各大媒體，倡議警方以美國的「Megan's Law」為藍本，把每個地方的性罪犯資訊公開給大眾。計劃最終於二〇〇八年在英國四個地方的警察部門實行，更在二〇一〇年擴散至四十三個地點。

這個計劃最後被稱為「Sarah's Law」。

在計劃之下，任何想關心小孩的人，無論是父母、親戚或託兒所職員等，都可以查探其周遭有沒有人有兒童性罪行的相關紀錄。在一般情況下，這些資訊都是為兒童至親提供，若是父母有嫌疑的話，就會由監護人負責。

在通過「Sarah's Law」一年後，英國再以此為藍本倡議了另一條法案——「Clare's Law」。

這次主角是三十六歲的Clare Wood，在二〇〇九年五月被其前度男友

George Appleton殺害。George先將Clare勒死，再把她的屍體燒掉，企圖毀屍滅跡。George數天後亦自殺身亡。

George與Clare一起前已有虐打女人的歷史，曾因此三度被關進監獄：因為持刀要脅女性十二小時而被判監禁六年；因違反禁制令而被判監禁六個月；因性騷擾被判監兩年。但以上這些「黑歷史」，Clare到離世那天都一直被蒙在鼓裏。Clare的家人直言，如果Clare知道George這些暴力史的話，絕不會答應與之交往，或許悲劇就不會發生。

Clare Wood一案令當地人民意識到警察對家庭暴力的無知，亦令很多人發現自己或許一直暴露於受虐的危機當中。因此，Clare的父親致力倡議警察提高警覺，並為受虐對象提供相關人物的犯罪史。

理解及處理家庭暴力問題，對英國警方來說不是擅長的一環——其實不只英國，相信世界各地都是。但不擅長不代表不能改進，二〇一〇年，英國為此成立了兩個受法律保護的機構，以保護身處家暴危機中的人士。能夠防止更多人受害才是治本之道。

而另一邊廂，遠在美國的佛羅里達州，於二〇〇八年年中只有三歲的 Caylee Anthony 在失蹤一個月後，外婆向警方報警稱家中金錢及汽車被盜取後順帶備案。根據調查後，其母親 Casey Anthony 聲稱自己也有一個月沒有見過 Caylee，因為保姆將其綁架了。最後，發現原來 Casey 由始至終都在用謊言堆砌說詞，因此檢察方想以謀殺罪名起訴 Casey，可是 Casey 不認罪。直到同年十二月，一名清潔工人在木林附近找到了一名小孩的骸骨，並證實屍體的身份為 Caylee。

此案對於當地居民極為轟動，亦導致社會出現二元對立。但無可否認的是，是次案件指出了當地法律的一大漏洞——小孩失蹤後並沒有法例強制需要立刻通報。因此，Caylee 的不幸及是次案件加速了相關法例的訂立及通過，法例規定在小孩失蹤後，必須二十四小時內報警或通報執法機關，違例者會被檢控，而此法例亦稱為「Caylee's Law」。

無論是 Sarah、Caylee 還是 Clare's Law，每當我看到這類型的案件甚至法例，都會覺得很矛盾，一方面覺得因一個人的悲劇，令後人甚至全世界的人受惠；另一方面覺得這些改進始終是用人命，甚至不止一條命換來的。到底我們還要犧牲多少人命，才能讓整個社會更加完善，更加人性化地進步？

黑命攸關

二〇二〇年五月，美國黑人George Floyd在明尼蘇達州被警察所殺。由於當局沒有即時逮捕涉事警察，繼而燃點了全國乃至全球的種族平權抗爭「Black Lives Matter」，至今未息。

一直以來，法醫人類學中極具爭議的其中一個議題，就是家族史推斷（ancestry estimation）。很多人聽到後都會覺得我們這樣做，不就等於將種族主義變得科學化，或是某程度上承認因為不同種族而導致生理結構有所不同，變相承認及確立上個世紀末倡議的生物性種族主義（biological racism）？

事實上，並不是如此。

所謂家族史推斷，是我們在建立骸骨檔案時俗稱「Big 4」的最基本四個元素之一。法醫人類學所說的家族史推斷，是基於人在不同社區、地域生活，身體會在世代更迭後出現一些因為環境壓力或氣候引致的改變，而我們在推斷

屍骨辯證 138

家族史時，就是要觀察這些改變，並藉此推斷有關一個人與其成長地域之間的關聯，而不是要說哪個種族比另一個種族優秀。因此，我們使用的字眼是「ancestry」而不是「race」——「race」一詞背後有社會建構意味。

從骨頭去推斷骸骨的家族史非常重要，它協助我們了解及評估一個人與世界上其他人的整體關係。而現代人因為科技發達及交通便利，多了遷移或移居到另一地域的機會，令到推斷的難度上升，準確度相對下降，並可能在同一骸骨上看到不同地區的人的骸骨特徵。換句話說，這些骸骨上的變化，都是源於一些長久的外在影響。撇除這些外力，我們每一個人的根本都是一樣的，這不就證明了「we are just one humanity」，而所有其他可以區分我們的因素其實都是外來的嗎？所以，不論是要從骸骨考證，還是了解人的原始本性，由始至終最重要的都不是我們的外在呈現，而是皮膚底下最原本、最真實的內在。

呈堂證物

有朋友很認真地問我：「因為法證科學的進步，是不是幾乎不會有分析不到的證物或證據？」

的確，隨著科學進步、技術日漸發達，蒐證及鑑識證物的方式愈來愈多，令我們能夠重組案發過程，可能性及準確度均大大提高。例如，現在可以從血濺痕跡上分析兇手動手的角度、傷者受傷的位置及嚴重程度；可以從影片中大約推斷出嫌疑犯的身高，以及將其樣貌放在面部辨識系統上配對；亦可以透過動物協助尋找屍體的埋葬地點等。這些極方便及有效協助調查的工具及技巧，都是透過不同科研團隊的努力所得出的成果。

又有人會問道：「接觸過這麼多骨頭及屍體後，有沒有遇過靈異事件？」「有沒有出現過類似報夢尋兒的情況？」

很多人都會問我這些問題，如果是指一般在恐怖片和驚慄片看到的那種「靈異」是沒有的，但如果說是像冥冥中「顯靈」的倒是有。

分析骨頭儘管聽起來很科學，但實際上可以令人很沮喪，因為透過骨頭分析確認其身份及找回家屬，成功率大約只有百分之二十。某次在東帝汶工作時，我以每天處理一點五副骸骨的速度，處理囤積在殯房已久的骸骨。當時我從一開始花了四天做骸骨分析，卻發現所有骸骨都很相似，彷彿每一副都有同樣的背景，令我不禁質疑自己是否忽視了甚麼可疑的地方或線索。

能提供更多有關死者在生及死前經歷的線索，為鑑定身份增添一絲成功曙光。

到了週五，我如常走進殯房的工作間，看著鋪排在工作桌上的骸骨，嘆了口氣，在其中一副骸骨旁邊坐下，開始很難過地自言自語：「到底我錯過了甚麼，看漏了甚麼？……你能告訴我到底差了些甚麼嗎？」語畢，我振作起來，從頭到尾把骸骨再檢查一次。突然間，我在其中幾根肋骨上面找到些已經癒合的創傷，同時也找到了一些很細微的死時創傷。這些創傷不一定是致命傷，卻

不過在另一邊廂，其實同時間也令到很多法律界人士開始質疑法證的可靠度，以及其科學理據是否充足，因為大眾在某程度上將法證科及法醫科視為魔法，有不少法律界人士都認為法證科學是藝術多於科學，尤其當中只涉及樣式（pattern）比對，沒有科學理論扎根在背後，因此認為所有的比對都是圖案、形狀等的找不同或找相似遊戲。事實上，外國每年都有一定數量的案件受

到法證科學中的調查員介入，他們因為個人原因——想提升破案率及入罪率，或自己相信疑犯有罪——而希望透過手上的證據助己一臂之力，後來因為當事人上訴而被揭發。猶記得有位教授曾不停提醒我們：「在調查的時候，出錯的不是科學本身，而是分析、詮釋及參與的人。」當法證科學中的「科學」成為配角，人為因素被放大，法證科學往往就此走歪。

這種「顯靈」現象幾乎每次都會在與骸骨對話後出現，不論我在哪裏工作。每個人和世界溝通的語言都可以不一樣，有些人可能透過不同種類的運動，有些人可以是音樂，但對我來說，骨頭才是我與世界溝通的語言。每個人獨一無二的故事都記錄在骸骨上，就看我們能不能與它對話、溝通，盡力把最有可能的故事情節翻譯成文字。

的確，法證科學可以協助我們接近真相，但同時亦要認知其限制，承認它不是萬能——現實永遠都不會如電視劇般，一定會找到最關鍵的證據。如果法證或法醫科背後的科學基礎被忽略，成了大家眼中的魔法，就是法證或法醫科誤入歧途的時候。

時間與公義

近年國際間其中一個比較好的消息，相信就是盧旺達大屠殺通緝犯卡布加（Félicien Kabuga）經歷二十五年逃亡後，終於在法國巴黎被捕。

前文說過，盧旺達大屠殺共有八十萬人被殺，即使這麼多年過去，進行國際調查的組織及法醫人類學家依然不停在盧旺達首都外圍找到新的萬人塚。每次找到新的萬人塚，對依然未知親人去向、受盡相思之苦和身心折磨的家屬來說，可說是曙光一現。可惜的是，有時候就算找到骸骨，也只能透過裏面的陪葬衣物間接推論他們的親屬曾經與這些被害人出現在同一個空間，但被消失的家人的下落卻無從稽考。令人心寒的是，即使在這麼多年後，加害者都不願意說明到底被屠殺、被滅聲的人被埋在哪裏。

卡布加一直以來都是國際頭號要犯，國際刑事法庭（International Criminal Court, ICC）在大屠殺後，以「對《日內瓦協定》的嚴重踐踏、反人類罪，以及種族滅絕罪」起訴卡布加，指控曾經是當地富豪的卡布加涉嫌在當年以商人身份資助大屠殺，包括購置屠刀、制服、裝備等，更號令旗下媒體

進行滅絕行動，推動殺人競賽，並不停以非人化的藉口來合理化這場殺戮。

卡布加被捕時年屆八十四歲，身上背著五條種族滅絕與煽動罪名。ICC檢察官在卡布加落網後，表示任何參與大屠殺的罪行都將被追究，即使罪行早在二十五年前犯下。雖然如此，時間與正義及公義的競賽，的確會讓人感到焦慮。

遺憾的是，二〇二三年聯合國國際刑事法庭餘留事項國際處理機制（International Residual Mechanism for Criminal Tribunals, IRMCT）的法官下令無限期中止對盧旺達大屠殺嫌疑人卡布加的戰爭罪審判，原因是這名現年九十歲的嫌疑人患有癡呆症，不適宜接受審判。無限期中止審判的決定令倖存者感到非常失望，猶如再一次被公義女神拋棄。上訴法官則表示，只有充分尊重被告權利的公正審判才能真正伸張正義。看似守得雲開，卻再一次烏雲蓋頂，令人不勝唏噓，慨嘆公義的到來不僅會遲到，有時候甚至被老天開了一個玩笑——要來不來，到面前了卻被收回去！但，我們真的就因為這樣便放棄追求嗎？

同樣地，法醫人類學家的工作是為逝者發聲，最理想的情況當然是找到死

者身份的同時，跟家人提供的背景資料亦吻合，然後將骸骨歸還給家屬。可是，現實中又是否永遠大團圓結局？即使世事往往未如人意，令我們在工作中充滿無力感，難道我們便因此不再繼續嗎？

至少就我個人而言，眼看著喪失至親的人不辭勞苦地用盡生命中所有的力量去尋找答案，即使沒有人能告訴他們最後會否成功，但他們依然努力不懈，我又哪有放棄或是抱怨的理由？

第二部分

從骨頭感受

第八章

從骨頭看生死

紀念品的爭議

還記得二○○一年九月十一日晚上，當時剛升上中學的我正準備睡覺，突然聽到爸爸在客廳大叫：「飛機快撞上去世貿了！」我沒有立刻意識到事發地點是美國紐約，視野頗為狹窄的我只想到銅鑼灣的世貿中心。我立刻從洗手間衝出客廳，看到已經被飛機撞上的世貿冒著黑煙。當下除了覺得很像電影情節之外，年幼的我其實未能立即理解到底事態有多嚴重，只記得爸媽立刻說：「糟糕了！剛好是美國的上班時間，傷亡必定慘重。」是次襲擊最後造成二千九百九十六人死亡，超過六千人受傷。

十年後，一座新的世貿中心在原本的 Ground Zero 舊址重建，九一一襲擊紀念博物館則在二○一四年開幕。不過，博物館的紀念品店卻引起了不少罹難者家屬不滿。時任總統奧巴馬主持開幕儀式時，形容博物館與 Ground Zero 同是神聖的地方，但店裏售賣的產品卻被指太商業化，例如紀念手鏈、印有世貿雙子塔的衛衣，甚至有來自紐約市消防局的玩具救火車，這種商業化模式對罹難者家屬來說固然是極為不恰當，猶如在傷口上灑鹽。其中一名罹難者家屬接受訪問時，表明對博物館的紀念品極度不滿，對他來說，Ground

Zero是他的兒子的葬身之地，是一個神聖、需要受到大家尊重的地方。

在紀念悲劇的博物館出售紀念品並不是鮮有的事，但多數以資料紀錄為主。以同樣位於美國華盛頓的大屠殺紀念博物館（United States Holocaust Memorial Museum）為例，紀念品店售賣的多半是書本。該博物館前主席表示，透過紀念品來「紀念」參觀是非常重要，可以協助參觀者延續該次的體驗。

書本或是與該段歷史有關的產品都是好的，不過若然真的變成飾物等產品時，就必須提高對受害人及家屬感受的敏感度，小心挑選產品類型。九一一紀念館負責採購衣物類紀念品

的職員表示，按照銷售情況來看，這種紀念品其實也有需求，例如短袖襯衣等產品，幾乎等於第一時間到案發現場的救援人員的制服，因此也有著紀念作用。

九一一事件發生已有二十多年，時間仍在努力地處理家屬的傷痛。紀念品店的爭議某程度上說明了每個人哀悼至親的方式都不一樣，沒有必然的對與錯，只要心存尊重就是最好的紀念方式。

亡者之糧

疫情前，每年我都會到塞浦路斯工作，地點是一個依然非常「活躍」的墳場——意指這個墳場雖然差不多爆滿，但依然有很多葬禮、悼念儀式等進行。

每年駐地工作的兩個月，我都會至少見證兩場葬禮。在墳前，職員會協助家屬放一張長枱並放置葬禮的食品，這些食品最後會分給參加喪禮的親朋戚友，當中以麵包及一樣名為kollyva（κόλλυβα）的食物為主。

Kollyva被稱為「亡者之糧」（food of the dead），是用煮過的小麥或不同穀類的混合物及水果籽，加入糖及蜜糖拌成。在東正教的殯葬儀式

亡者之糧

中，這些亡者之糧會被祭司進行祝禱儀式，而在羅馬尼亞，亡者之糧則會用來做俗稱「death cake」的蛋糕。我在墳場工作時曾遇過過葬禮儀式結束，所以都有收過這些亡者之糧。

坦白說，喪禮上的食物都不會以味道為先，以亞馬遜的瓦里（Wari'）部落為例，他們會在喪禮上分享及烹調先人的屍體——他們不是不覺得嘔心，也會一邊吃一邊吐，但吐完再吃，因為他們覺得這樣做，先人才會成為他們的身體一部分，把先人的本質保留下來。反而將屍體長埋在地下，才是對先人不敬及不尊重。

以我們的本地文化為例，一般辦完白事後也會食「解穢酒」，通常以齋菜為主，肉類較少，至少一定不會吃牛肉及馬肉，因為相信先人需要受牛頭馬面照顧，故此不能吃掉他們的朋友。而且吃的時候都會先食糖水，象徵親友抹去悲傷，把福蔭留給子孫。

將食物連接死亡，可以說是非常普遍，尤其在多個文化中都會用到穀物，有著重生及生命循環的兩個象徵意義。當我們提倡生活習慣及殯葬儀式都應隨著時代轉變而慢慢化繁為簡，甚至化整為零的時候，食物就是其中一樣依然保

留下來的重要環節。食物，在死亡面前，成為生者與亡者的重要連結；食物，也是連接世界的一道橋樑，不論是在悼念或慶祝的情境。

當然，在悲傷的情況下，相信也沒有人會特別記得或在意食物的味道，甚至吃過甚麼都沒有印象。不過，無論像我們圍起來一起食飯，還是像塞浦路斯一樣把亡者的祝福送給周邊的人，當中透過食物而建立的記憶及安慰依然存在。在失去至親的當下，食物把整個群體、整個家族拉近，讓大家互相支持，一起度過悲傷、難過的歲月。

死亡與永生

死亡，一直以來都是音樂及藝術創作經常出現的題材之一，畢竟每個人都會經歷死亡，特別是身邊至親摯愛離世。很多音樂人都會透過創作，勇敢地、毫無保留地訴說自身正在經歷的情緒變化，而不會沉默地獨個掙扎，英國著名唱作音樂人James Blunt的歌曲*Monsters*就是例子。

James的爸爸Charles診斷出慢性腎衰竭（chronic kidney disease, CKD）第四期，對他來說猶如晴天霹靂，尤其是爸爸患病的時候，自己卻要進行巡迴演出，需要離家十八個月，沒有辦法經常探望。這些經歷令James突然覺悟到，與父親餘下能夠相處的時光原來已沒有太多了。因此，他寫下*Monsters*，並且邀請爸爸擔任MV主角，而這首歌就是他盡訴心中情的一個途徑。

James在訪問中提到，作為英國人，他們父子倆很少會坐下來講講彼此的感受，但醒覺到時間不多時，卻發現自己還是有些話想對爸爸說。James憶起完成此歌的製作後，他領爸爸到房間，為他插上耳機，讓他仔細聆聽自己的心

聲。James爸爸聽後說了一句：「很真實。」（So true.）後來也看了MV，笑說拍得自己不好看。可是對James來說，這MV是最完美的，因為爸爸能夠「永生」，以影像方式繼續留在這個世界上。

不是每個人都善於將感受化成話語，但每個人也可以透過自己的方式，向至親摯愛表達情感，而這已經很了不起。只要我們不忘記，摯愛就會在這個世界上以另一個方式一直存在。

| Monsters 歌詞節錄 |

I'm not your son, you're not my father
We're just two grown men saying goodbye
No need to forgive, no need to forget
I know your mistakes and you know mine
And while you're sleeping I'll try to make you proud
So, daddy, won't you just close your eyes?
Don't be afraid, it's my turn
To chase the monsters away

預備遺照的意義

每個人都有一張相，其使用的時間比其他照片都來得長。矛盾的是，我們很少主動去拍這張照片，一般都是按家人意思而選擇。

這張照片就是俗稱「死人相」的遺照。

中國人的文化對死亡很避忌，幾乎沒有人願意主動提及有關死亡的任何事，即使簡單如選擇遺照。因為我們一般不會生前談論此話題，結果這一張照片，往往令準備後事的至親相當頭痛。

我曾在《屍骨的餘音3》中分享過韓國對遺照的概念，當中包括三重象徵意義，分別表達了你是誰、你覺得你自己是誰，以及你想其他人記得怎樣的你。一名居於美國的韓裔專業攝影師Juliana Sohn利用自己的攝影技術，在大約十年前開展了一個為年長人士拍攝遺照的企劃，短短五年間遊走韓國和美國，已為百多位長者拍下遺照，她想盡量保留照片主人的真實樣貌，同時亦會以軟件突出他的特質。她發現老人家在看著鏡子時，看到的往往不是別人看他

們的樣子，而是記住了自己年輕時的模樣。一個人過去的經歷會影響他們現今的樣貌，以及他們如何呈現自己。Juliana Sohn亦提到：「韓國人在生時去拍遺照是一種負任，或者可以說是提醒他們活著是多麼可貴的一件事。」

比利時的「Your Last Shot」是同類型的攝影計劃。攝影師Frieke最初有這個想法，是因為他好奇家屬為亡者選擇遺照時，不知道亡者會認可嗎？於是他想到使用二十世紀的婚禮相片風格來拍遺照，因為呈現出來的感覺總是安詳、無畏及溫柔。在不遠的日本同樣有著為客人拍攝生前遺照的照相館，影樓自二○一四年開業以來，客人絡繹不絕，影樓負責人太田明良表示愈來愈多人希望藉著拍攝生前遺照，以更坦然的心態面對死亡。有些人則因為至親過世才發現沒有可用的相片，最後只能採用合成照片而留有遺憾，所以認為有提前準備的需要。

不同文化及宗教都會用各類型藝術表達死亡，無論是哪樣，背後的理念都是「勿忘你終有一死」（memento mori），讓大家緊記生命是有限的。對Juliana來說，這企劃也讓她深入了解自己的根，拉近了和家中長輩的距離，例如她明白到當初韓國因為基督教傳入而禁止使用敬拜祖先的牌區，才取而代之採用相片來紀念先人。

生與死不僅是「遺留」和「失去」的單向關係，這個無可避免的事實其實也是雙向的。不論在西方或東方，大家對死亡依然有很深的負面印象，但透過攝影藝術，不但可以為年長人士準備人生最後一件大事，更重要是對相中人來說，相片的風格呈現了他對死亡的態度，以及他希望後世如何記住他。

以一張別有意義的肖像來記錄及總括自己一生，絕對是非常可貴及值得分享的事。

裝著骨灰的菲林筒

之前到克羅地亞，順道參觀了首都薩格勒布（Zagreb）有名的失戀博物館（Museum of Broken Relationships）。博物館內的藏品都是由世界各地的有心人捐贈，物件背後是一個個真實的故事——雖說失戀，但不只與愛情相關，還包括親人的離別、物件主人因病要告別舊時的自己、因為戰爭而要與兒伴分開的故事等。令我印象深刻的故事有幾個，其中一個與骨灰有關。

藏品是一個菲林筒，主人是一對夫妻。他在十九歲時不幸喪偶，後來遇上作為另一個敘事者的她。兩人走在一起後再生了一個小孩，連同她原有的一個兒子，很快就組成四小口的家庭。他沒有說出他們到底經歷過甚麼意外，但一共花了十年時間才痊癒。這些日子當然不易過，但他們最後都捱過來了。

他們結婚三十三年，直到一天，他被確診癌症，從確診到離世只有短短四個月時間。她說，丈夫死前曾說要過一個充滿愛的人生，希望死後將自己的骨灰放在相機菲林筒送給朋友，讓朋友帶他到世界每一個角落。她將這個菲林筒送給博物館前，已經與他的骨灰一同旅行五個月了。

她在故事的最後寫了一首詩：

以泥土的語言來說

在我的舌頭上，卻是甜的

你的骨灰是苦澀

故事看上去好像很普通、很老掉牙，帶出的道理卻很深刻鮮明。贈送物品到博物館其實就像一個儀式，讓當事人認真面對及處理有關失去的情緒。

世界上有各式各樣的儀式，畢業典禮、結婚典禮、喪禮、告別式……但在這些儀式背後，社會幾乎不給我們空間去審視任何形式的情感上的死亡，無論是因為戰爭或人禍而被迫分離的難過，還是因為親友離世的悲傷之情。

正因為情緒上的需要不被正視，因生活突變而造成的精神及情緒創傷其實沒有好好被治療。失戀博物館於是成為心靈治療的途徑，讓有需要重新振作的人正視過去及現在，正視曾經歷的情緒和事件。博物館成為一個舞台，令物件及其背後的故事綻放。這個處理情緒的方式其實可以套用到生死教育——在生時，為自己的終點設定好最後演出的舞台，不只為自己做好準備，同時也能

屍骨辯證 162

讓家人有更多空間去正視自己的心靈狀況。殯儀行業與其他行業不一樣，不只提供既定的服務，更要在殯儀服務之上兼顧每個家屬及亡者的需要，以亡者及家屬的意願和感受為先。只要清楚自己的自主權，也可以找到個人及家屬滿意的「好死」（good death）安排。

古埃及墓室及生花祭壇

古埃及的考古挖掘沒有因肺炎疫情而停頓，就在二○二○年的十一月初再次宣佈有多具木乃伊出土，當中每具木乃伊都完整無缺，連石棺上面的彩繪及象形文字等都依然清晰可見，對於我們研究古埃及歷史及其墓葬文化非常有幫助。

在石棺及墓室的牆壁，一般都不難找到古埃及的象形文字，都是以前的祭司為了協助逝者得以在死後世界重生而寫寫畫畫。石棺上的文字出自古埃及的《死亡之書》（Book of the Dead），因人死後都必須經過審判，判斷生前有否作惡而不值得永生，而石棺上的經文就是希望避免出現這個結果的「秘技」，希望透過經文，令冥王歐西里斯（Osiris）改寫靈魂的命運。

至於墓壁的壁畫及象形文字，一直以來都被認為是記載著墓室主人的一生，但當考古學家及生物考古學家把文字紀錄與墓室裏面的骸骨對比起來，有時候卻會發現兩者並不一致，考古學家認為，壁畫可能是一種理想化的投射，有希望以後的人可以從一個比較好的面向記住亡者，甚至希望以後的人忘記亡者

生前悲慘的一面。

日本國寶級女演員樹木希林於二〇一八年離世。如果有看過傳媒報道，必定對其靈堂佈置留下印象。遺照前面是一片花海，不同綻放程度的白色花朵整齊有序地擺放，拼湊成象徵堅強的白色巨浪，相當壯觀。花海面前是魚貫而入的家人、影視朋友及支持者，來與樹木希林作最後道別。

這種以花來佈置的日式祭壇名為「生花祭壇」，只要在網上簡單搜索一下，會發現很多不同類型的設計，大多都是非常壯觀，甚至連樹木希林的海浪設計也會顯得樸實無華。

生花祭壇一般以海浪及山為題，由於兩者代表力量及堅強，因此以前都是用在男士的祭壇上。以前的生花祭壇只能用菊花作為佈置，到今天，光是樹木希林的祭壇佈置，就用了大約一千二百朵菊花、蘭花及滿天星，而以白花為主來裝飾祭壇的限制，亦隨著時代變遷而慢慢消失。

聽上去，生花祭壇這種殯葬文化好像經歷了很長的時代演變，事實上，它只是誕生於三十年前的京都。有專門研究日本殯葬文化的學者訪問家屬以及有

思考自己後事的人，很多都說他們喜歡這種設計，除了看上去比較有生氣、天然及漂亮之外，更重要是透過生花祭壇，令他們覺得在喪禮上有自主權。

一直以來，日本的喪禮都是按照宗教教義安排，美學考慮可能頂多在有關服飾上看到，與其說是美學，倒不如說有沒有達到既定標準。相反，生花祭壇透過運用空間及與佈置相互配合，對改變喪禮的一貫印象有著微妙作用。

日本對於死亡及相關習俗，跟我們一樣都是非常沉默，但透過當代喪禮文化的細節，無論是祭壇設計、顏色主題，甚至是播放的音樂等，可以將家屬及亡者意願帶到喪禮上。當然，直接講述有關死亡的事情依然是忌諱，但可以感受到將美學帶入喪禮，是當地殯儀產業嘗試在保持專業操守、商業動機及尊重亡者三方面之間搭橋。

不同的喪禮上，悼辭或紀念詞都是向大家送上先人最美好、最值得紀念的一面，與古埃及墓室裏的象形文字的概念一樣，可能這些都只是他們的夢想，不是他們最真實的人生。無論是甚麼年代、甚麼地方的人，其實都是一樣，有時候我們看到的不過是片面的感受及片段，現實是當你看到這些人，就會發現他們跟我們的經歷很不同，同時亦很雷同，這才是真實的一面。

回憶的小盒子

小時候，曾經很想擁有一個外表看上來是書，裏面可以鎖上的小盒子，覺得這樣的盒子看上來很普通，裏面的東西卻非常私人。沒想到，這些盒子也因「土地問題」而被應用到殯葬層面。

人死後的土地問題不是香港獨有，部分地區因為宗教關係只能採用土葬，甚至令問題更嚴重，不過就算是盛行火葬的地區，骨灰擺放的空間也愈來愈少。有些地方的政府因此大力推行「綠色殯葬」，可是未見普及，畢竟很多人還是覺得死後無一安身之所，對先人來說好像不太尊重。

南韓就因此興建了新型的骨灰場，外觀像新式住宅的高樓，共有十二座，似是個屋苑——像屋苑的印象也不完全錯，只是住的是已經離世的親人。這些高樓的特別之處在於每一個樓層都放滿大大的書櫃，猶如圖書館，給人溫暖及舒服的感覺。書櫃上都放滿了厚厚的「書本」，書面及書底用皮加工處理，恍如一本本巨著，而書本裏面其實是個盒子，也就是骨灰龕，每位先人都有兩個，一個放置骨灰，一個放置遺物。兩本「書」均有鎖給家屬鎖上，讓他們隨

時來探訪先人。

「每一個人的一生就如一本書」，這句話顯示每一個人都有其獨特性，因此以書作為亡者的最後一站，實在是貼切不過。大樓還有一家免費的咖啡廳，讓來訪的家屬可以坐下來慢慢喝杯茶，按照自己的腳步去感受、回味與先人分享過的一切。這座不一樣的骨灰龕大樓，給人的感覺特別舒服、有溫度，除了協助先人找到安身之所，也比南韓其他甚至香港現有的骨灰龕，更關心到來的家屬的心情及感受。

哀悼，是一件很個人的事情，每個人悼念至親的方式都不一樣。遺憾地，現代社會主張處理死亡必須是件專業的事，從而演變成「流水式」或標準化的作業及程序。這座新型骨灰大樓的出現，證明土地問題與維持文化習俗並無衝突，反而能借助貼心的設計讓人感受到當中的人性，為卸下對死亡的恐懼出一分力。

掃描 QR code 可看到文中提及的骨灰場。

幽靈物語

這裏要和大家講一個日本鬼故：

那年是一八九六年日本大海嘯後一年，一個夏天的晚上，福二在海邊漫步，朦朧之間看到前面有一男一女。福二認得那名女子是他在海嘯中喪命的妻子，於是忍不住呼喚她，她也微笑回頭。同時，福二看到她旁邊的男子，認得他是妻子的舊情人，同樣喪命於海嘯當中。

妻子開心的告知福二：「我與這位先生結婚了！」

福二忍不住問道：「你不喜歡、不擔心我們的孩子嗎？」

她聽罷，就開始哭。

福二視線離開了穿著白袍的二人幾秒，回過神來，就發現他們已經消失了。

這是收錄在日本民俗故事集、柳田國男所著的《遠野物語》的一個都市故事。

日本文化中，對鬼魅的理解一般分為正邪兩種。簡單來說，如果一個人在喪生後受到家人照顧、有舉辦葬禮，且家人定時拜祭，往生者就能夠平靜地到達後世，可以從陰間看顧在陽間的家人。相反，如果死於非命、枉死甚至孤獨死，這些孤魂就會到陽間尋找方法去滿足自己的慾望。

鏡頭一轉，來到二〇一一年海嘯後。故事中福二的後人已經傳了四代，同樣再次經歷歷史性大海嘯，同樣有家人喪命，並再次於夢境中看到已離世的親人。

可是自二十世紀開始，日本鬼故事在文化及社會的角色，已經從傳授道德倫理變成寄託因社會快速轉變而造成迷失的工具。對超自然現象的解讀，從以往透過在世者的行為去安撫逝者，變成在世者透過看到逝者而找到亂世中的安

慰，並為他們經歷鉅變後的生活重置秩序。以這次海嘯慘劇為例，常有生還者表示看到罹難的親人，例如在夏天會看到穿著冬天衣物的人在街上遊蕩。這些故事彷彿很虛幻，喪親的人聽來卻很有共鳴。

對於深受親人離世打擊的家屬來說，所謂的「現實」遊走在事實與傳說之間，不過，只要讓他們找回存在意義，或透過這種方式得到安慰，即使故事背後是迷信、是傳說、是超自然現象，我們都不用立即抗拒。在動盪不安的時候，為迷惘的人提供寄託及安撫，就是最好的依靠、最正面的支持。

獅子王的生死教育課

我很喜歡看音樂劇，眾多音樂劇當中，我最喜歡的必定有《獅子王》，每次觀看都可以讓我哭成淚人！即使早已熟知故事情節，但每次觀看都會令我有新的感悟與體會。

當中最喜歡的是第一幕，木法沙（Mufasa）帶兒子辛巴（Simba）在榮耀之石觀看整個非洲大草原，向辛巴訴說只要陽光照到的地方，都會屬於辛巴將來統治的王國。辛巴同時看到附近有禿鷹在空中盤旋，就向爸爸提出，請牠趕走及處理掉禿鷹。木法沙藉此機會教育辛巴為甚麼不能這樣做，牠說：「我們死後，我們的身體成為草，動物以草為食糧。因此我們都是以生命之輪連結起來。」牠要辛巴明白，地球上的生命不是往前運作，而是一個圓、一個循環，所有事物都是環環相扣，以巧妙且脆弱的平衡維持著，而我們作為地上的一員，有責任協助維持這平衡。

另一幕令我動容的，是牠們父子倆晚上在草原上的一堂生死教育課。當辛巴問木法沙是否永遠都會與牠在一起時，木法沙請辛巴一起凝望星空，說這些

在夜空上一閃一閃的，都是先祖們在天空上遠遠地凝望著、守護著我們。牠們一直都活在我們之中，一直在陪我們並肩走，使我們變得強大。

看著音樂劇裏設計的非洲大草原，現實中的大自然卻不斷受破壞，更感受到木法沙講述的「平衡」特別諷刺。主題曲 *Circle of Life* 好像在表達我們在獅子王面前，甘願讓自己變回小孩，有著簡單美好的想像，並透過我們對故事的體會及感悟，尋找在這個紛擾現實世界生存下去的勇氣。

華人社會中，父母一般會避開和孩子談論有關生死的問題。你以為這話題「大吉利是」、太沉重之時，諷刺的是，學童自殺案卻不停上升。其實木法沙從日常生活中就對兒子辛巴進行生死教育，不是為了令孩子不怕死，而是希望牠能好好地活著，找到人生的意義。除了生死教育之外，木法沙亦希望藉著此機會教導孩子如何面對失去，調整自己心情。眼看世界動盪，一瞬即變，懂得面對變化及失去方為重要。

第九章

從骨頭看人類

墜落的人

二〇〇一年九月十二日，全球很多報章及媒體都刊登了一張令人難以忘記的照片——背景是對稱的紐約世貿中心，一名男子頭向地腳向天，雙手悠然放在兩側，自由落體，其中一隻腳彎曲。男子的姿勢，讓人感覺平靜，同時，眾人卻深知這是一張在甚麼背景下拍攝到的照片，因此大感衝擊。

攝影師Richard Drew是在當天（二〇〇一年九月十一日）早上約九時四十一分攝得這張照片，他一共用了十二張混亂的連拍，記錄了男子人生中的最後十秒。事實上，在他拍攝之前，已經陸續見到有人從被撞的世貿中心躍下，他們最後均被稱為「跳躍者」（jumper）。

整個九一一事件中約有二百名跳躍者，可是不少人都對這些照片感到反感、不安，特別是這張被命名為《墜落的人》（The Falling Man）的照片，所以這張照片自此消失於媒體，亦成為唯一公開刊登過的相關圖片。

有人覺得反感，原因是認為這些跳躍者自願放棄生命，與他們的信仰及家

人對他們的印象不符合。可是紐約殮房的法醫到最後也沒有把這些跳躍者的死亡方式判斷為自殺，原因是覺得他們是被迫選擇這條路，只能從被煙嗆死、被火燒死，以及高處墮下這三種致命死法中選一種，並不是自行放棄生存機會而選擇死亡，與自殺的定義有所出入。

相片中那名男子的身份至今依然不明，查探多年後，暫時懷疑是在世貿中心一〇六層餐廳裏工作的音響工程師。他的家人表示他患有哮喘，當時濃煙密佈的環境，對他來說肯定是折磨，相信他絕對會為了一口新鮮空氣而往天空衝。或許，對他們來說這已是當刻唯一可以控制的事情；又或許，他們不是選擇死亡，而是選擇飛翔。

《墜落的人》於歷史上留下一個不可磨滅的痕跡。照片主角那種令人不安的平靜、「悠然自得」、世貿大廈不自然的對稱，乃至看照片時聯想到主角作出的決定，一切都令人震撼無比。九一一事件是這個時代中最重大的災難之一，而在千千萬萬張照片中，唯獨這張不見血腥的照片填滿了事件脈絡，向觀眾們訴說著叩心泣血的悲劇。縱使照片受到各界質疑其拍攝道德，但這麼多年後，照片也成了墜落的人的衣冠塚，令他們生命最後一刻的迫不得已，不至於掉進歷史的空隙，並見證著這二百名遇難者擁有過的生命。

托爾斯泰之死

一九一〇年十月二十八日晚上，蘇菲亞伯爵（Countess Sophia Behrs）在房間裏不停踱步。他告訴太太他吃了些藥，並請她鎖上門，自己回去睡覺，誰料翌日早上發現托爾斯泰已經執拾細軟離開了。

發現她的丈夫、俄國知名作家托爾斯泰（Lev Nikolayevich Tolstoy）在房間裏不停踱步。他告訴太太他吃了些藥，並請她鎖上門，自己回去睡覺，誰料翌日早上發現托爾斯泰已經執拾細軟離開了。

隨行的有托爾斯泰的醫生，他們坐上火車的三等座出發。離開前，托爾斯泰給妻子留下一封信，寫道：「不要找我！我覺得我要從這煩擾的生活退下來，不同的訪客、賓客等都在荼毒我的生命及生活。我想從這一切恢復過來，這對我生活在地球上八十二年的身體及靈魂來説是非常重要。」

一八九〇年代，托爾斯泰正重新翻譯及理解俄羅斯東正教的《新約福音》，決定要脱離一切凡俗的捆綁，包括肉體、自我、財富，甚至與妻子的關係，然後平靜地迎接死亡。這一切對蘇菲亞伯爵來説都過於突然，特別是他們已經結婚四十八年，並育有十三名子女（其中五個夭折或早逝）。托爾斯泰想獨自面對死亡，但作為公眾人物的他，在火車旅途上的一舉一動被記者成功追

蹤，連他在途中前往探望已經成為修女的姊妹都被公開。他在離開莫斯科兩個禮拜後就病倒，亦因為有媒體追蹤的關係，他的妻子很快就趕到。不過托爾斯泰病榻旁還有一大班記者，蘇菲亞伯爵不能陪伴在丈夫身邊。直到死前最後時刻，都與托爾斯泰幻想的平靜離世完全相反。

在以前資訊沒有那麼發達的時代，媒體的報道是資訊流通的唯一方法，不過，即使時代變遷，背後有些概念還是不變，包括媒體的責任。因為媒體渲染，有些令人痛心的事成為大家茶餘飯後的話題，不知不覺變成公眾娛樂的一種。一直被譽為「世紀大審判」的 O.J. Simpson 案，將案件曝光在公眾下的行為推到極致。從追捕過程到審判都被電視台直播著，甚至收視率比同時段播出的球賽更高。到後來因為社交媒體的崛起，於二〇〇八年被譽為「新 O.J. Simpson」案的 Casey Anthony 案再次被放到鎂光燈下及網上。大眾都緊湊地追看案件發展，變相令有關案件的消息成為熱銷的商品，但其實大家都在消費著悲劇。更可悲的是，大家背後關乎的似乎不是正義，也不是受害人的公義，更不是對家屬的體恤及體諒，只想滿足一己想要娛樂的慾望。

托爾斯泰視死亡為自己過去數十年靈魂修養的一個延伸，離開是為了尋找一個舒適的方式告別人世，卻不被大眾尊重。到底，憑甚麼旁觀者覺得一己之娛比當事人死亡的決定來得重要？生者如何才能尊重往生者離世前的意願？

殺人犯「熱潮」

一九八九年的一月二十四日，美國佛羅里達州的監獄圍牆外，一大早就聚集了不同年紀的群眾，當中不乏小販販賣紀念品。這些人之所以聚集於此，是因為都在等一個消息。沒多久，消息便傳來：「Ted Bundy已經被電椅電死了！」群眾聽後不停歡呼拍手。

Ted Bundy是活躍於一九七四至一九七八年的連環殺手，一共殺害了約三十至三十七名年輕女性，其中一名更只有十二歲。在所有受害人中，只有約二十人的身份被確認，另外有五名生還者，其餘的依然下落不明。

Ted Bundy被稱為美國史上其中一個最重要亦最邪惡的連環殺手，在二○一九年得到的注目度依然不減，以他的事蹟為靈感的電影《極惡人魔》（*Extremely Wicked, Shockingly Evil and Vile*）更成為辛丹斯電影節開幕電影之一，網上串流平台Netflix亦推出有關他的紀錄片《美國殺人狂訪談錄》（*Conversations with a Killer: The Ted Bundy Tapes*），以他在囚時與記者會談一百個小時的錄音為藍本，分成四集講述有關案件。電影及紀錄

片均在社交媒體引起了極大迴響，更出現了一個意想不到的現象——很多年輕觀眾對這個殺手產生了好感及情愫，甚至為之著迷。

社會因此出現評論，認為有關電影不應該由英俊的男星主演，認為這會令到影迷和年輕觀眾對這個美國史上的大惡人產生好感。但其實如果對Ted的事蹟有認知的話，就會知道擔心是多餘的，因為這根本不算是新鮮事，此電影於香港更被傳神地翻譯為《極度邪惡超級變態：我的迷人男友》。早在Ted在囚時，他已不斷收到支持者的來信甚至情信，即使互聯網在他死後才出現，他依然被視為「傳奇」人物。對這些Ted的「忠實支持者」來說，他其實跟電視明星沒有分別。

作為犯罪劇及紀錄片喜愛者，我在觀看過後嘗試理解這幾個小時的紀錄片背後到底想帶出甚麼訊息。看看經過這麼多年後，大眾媒體是怎樣呈現這些惡行，並因此吸引了新一群支持者，而製作人是否責無旁貸？還是這些電影、電視劇令我們反思，其實我們應該如何處理社會及歷史上的惡人這類話題？過了這麼多年後，社會上是否已有空間去討論有關事件？

很多Ted的支持者都說他的所作所為被「誤解」了，這點我不予置評。不

過，如果為了防止神化犯罪者而禁止這類題材，可能只是「斬腳趾避沙蟲」，問題還是會繼續存在和發生；若將受害者「擺上枱」或過度戲劇化而誤導觀眾，令大眾不能客觀地理解事件，則是對受害者進一步的傷害，這類型的紀錄片、電影甚至資訊都不值得看。

真人真事改編的電影或劇集有時比虛構故事更引人入勝，但如何在真實與創作之間取得平衡，甚至以此揭露社會真相，令大眾作出反思，實在是不容易的事。

殺小孩的體制

我自虐地看了一套令人心碎、心痛及憤怒的紀錄片。說「自虐」是因為自工作以來，與小孩有關的案件一直是我的弱點，而這套紀錄片不僅直中我的要害，更是一宗社會悲劇，完美展現了我們生活的體制如何殺死一個小孩。

七歲的Gabriel很可愛，但他媽媽從知道懷孕一刻開始就不想要他，誕下兒子後更將他直送外公家，一直由舅舅等人照顧。後來因為福利津貼的關係，媽媽及其男友接Gabriel回家。八個月間，Gabriel每一天都活在恐懼當中，每天被不同類型的工具對付，母親及其男友更準備了一個木箱，以Gabriel是同性戀這荒唐的指控，把他困在裏面懲罰他。雖然如此，Gabriel心底依然相信及愛著媽媽，甚至直到他死前的一個星期左右，因為母親節來臨，他依然在學校準備母親節禮物，寫上「媽媽，我愛你」。我想直到Gabriel死之前，他依然不明白，自己已經很努力成為媽媽眼中的乖小孩，為何媽媽及她男友仍然不斷傷害自己？

這部 *The Trials of Gabriel Fernandez* 沒有展示很多血腥照片，Gabriel

被虐的傷勢只用簡單文字帶過，但單是情節已非常震撼，例如調查員在媽媽房間發現Gabriel度過每天每晚的那個地方時，又例如法醫發現Gabriel胃裏的殘渣全都是貓砂⋯⋯這些加起來，明顯是忽視兒童及虐兒，為甚麼制度發現不了？那是因為制度視而不見。事實上，Gabriel曾經作出呼喊卻被忽視，一而再再而三被送回母親的掌控中，因此令不同的社福機構失去拯救Gabriel的機會，令他掉進體制的空隙之中。

保護小孩就必須要聆聽小孩，而不是只從成年人口中聽取片面之詞。Gabriel是一個很聰明的小孩，除了向日常接觸而又信任的人求助，甚至曾向只有一面之緣的社會福利署保安暗地求救。當我們處理這類型暴力事件，調查過程絕不能單純地「剔格仔」填表格，機械化地處理就覺得可以，更需要的是一場心對心的對話。諷刺地，當Gabriel終於得到公義後，同一社區卻又再出現翻版案例。

到底，我們甚麼時候才能學會並勇敢地為這些無力還擊的一群人發聲及反擊？

到底，我們要經歷多少這類型案件，才能建立一個以小孩或受害者角度出

發的處理機制？

在此之前，我們都是忽略受害者無聲吶喊的幫兇。

白鴿與氣球

網上串流平台Netflix有套名為 *The Casketeers* 的紀錄片，記錄位於紐西蘭一家由毛利人（Mori）夫婦經營的殯儀館的日常生活大小事。

影片的可貴之處，在於可以讓觀眾如我接觸到太平洋島嶼及小國的毛利族群，以及其喪禮、殯葬儀式及文化。故事很平凡，卻也很不平凡——平凡在於人物就如你我平常會遇到的、聽過的，例如因意外摔倒的媽媽、長期病患的老師、因交通意外而喪命的男子；不平凡則在於縱使如此，每個人的故事所帶出的道理都有所不同，讓觀眾甚至經營殯儀館的那對夫婦，都可以不停從工作中對生命及死亡有不同的體會。

此紀錄片系列從二〇一八年首播，至二〇二三年尾推出第六季，暫時全系列共四十七集，其中最令我難過與哀傷的是一個九歲男孩的故事。小男孩的死因是癲癇發作，負責喪禮的禮儀師特別難過，原因是他之前曾為這名男孩的雙胞胎兄弟主持葬禮，而他的死因同樣是癲癇發作。按照禮儀師憶述，小男孩在他兄弟的葬禮上有著禮儀師的陪伴，兩人在這個難過時刻之下，成為了朋友。

因此在兩年後再次為這個家庭服務，而對象還是雙胞胎的另一半，對禮儀師來說尤其心碎。

男孩下葬於他雙胞胎兄弟長眠的墳場，兩人的墓地就在大家對面，腳板對著腳板，猶如對著睡一樣。從另一個角度看，這對雙胞胎算是團聚了。這可能很不科學，但我覺得雙胞胎某程度上是共有一個靈魂，共有一個心，當一半消失了、迷途了，另一半就會努力去尋找。

面對小孩子的屍體，對我來說是挑戰。縱有萬般不願意，為了保持專業的工作態度，我必須表現得冷靜和理智，但事實是每次處理小孩子的屍體或骸骨後，我的情緒都如海嘯般猛烈。看到小孩子離世，那種心痛都是直插到心坎裏，特別是看到小孩子父母親的反應，我只能把一切收到心裏及眼底，並且對現在依然擁有的感恩。

小男孩的喪禮以放白鴿及氣球作結，恍如訴說死亡必然是難過及傷心的，但無論誰曾存在，誰已離開，我們都應該對他、她或牠充滿感謝，感謝他們出現在我們的生命裏。

喪失記憶的連環殺手

連續殺人犯，是一個不陌生的犯罪寫作題材；阿茲海默症（俗稱老人癡呆症），也不是一種罕見的疾病——那麼碰著一個患有老人癡呆症的連續殺人犯呢？

我最近讀到的小說《殺人者的記憶法》，主角就是這樣的一個連環殺手。

他說人類是關在名為時間的監獄裏的囚犯，而不停喪失記憶的挫敗感就是囚室一直壓迫過來的牆，直到最後不能呼吸，受壓而死。牆壁收窄的速度不會減慢也不會停止，更不能逆轉。

我很喜歡書中的一個比喻，故事主人翁說「惡」好比一道彩虹，明明就在這裏，但當你要接觸它，卻發現是不可能的。「惡」是一個極致，是人生一個驚悚真相，只能夠接近而不能觸碰。佛教《般若心經》講到「空」的概念，就是引導我們從痛苦中被拯救，找尋平安的力量，豈料卻成為他殺人的動力。另一方面，阿茲海默症慢慢地令他想保護的「豐功偉業」和滿足感都被迫遺忘。

當對「惡」的渴望成為唯一寄託，就等同掉進無底深潭，成為單純追逐的一頭

猛獸……

一個人一生經歷的善惡、因緣、因果、秘密，都牢牢記在我們的記憶裏。對於有秘密的人來說，阿茲海默症就是一種折騰。一個殺人犯將所有往事都一一遺忘，在這個情況之下，這個殺人犯是否已經贖了罪？當他對自己的過去一點頭緒都沒有，對殺過的人沒有任何印象的時候，他還算有罪嗎？重點是思考這兩個問題時，你有沒有審視自己是站在哪種道德之地？

作者金英夏在書末留下這句話：「惟有出生的才會死，誕生是欠死亡的債。」有評論覺得這本小說如果有性別的話，必然是個男性，因為當中展示的韌性很強大。從主人翁的經歷來看，他是一個懂得對現實中的恐怖、驚悚和難過一笑置之的堅強男孩。可是當失去這種豁然而笑的能力，覺得自己要輸了的一刻，就是這個世界吞噬你的開始，而這種恐怖，或許就是故事要帶出的道理。這看似是笑話，卻有著嚴肅的課題。

記得我中學時捐了人生第一次血，幫助我的那位紅十字會職員在差不多完成捐血時，問了我一句：「你要不要拿一下你那包血，感受一下？」我其實一直都覺得捐血沒甚麼特別，直到他將那包剛從我身上新鮮抽出來的血交給我，

我當下竟然感動得快哭了！這包暖暖的血，令我感受到自己確確實實是一個有血有肉的人。這種觸電式的震撼，之後一直都沒感受過，直到我在殯房辨認骸骨及挖掘墳墓時，才再次有這種全身神經被喚醒的感覺，當下感覺血液都在流動，感受到未來的無數可能。

曾經有位法醫人類學家說道：「當面前的腐屍是你的最愛時，腐爛的氣味其實也不是太難聞。」（The smell of a decomposing body isn't that bad when it's someone you love.）死亡，是一件既科學又富藝術性的事，而死亡跟你的關係終究是非常個人的。常常聽到：「我很怕想像任何有關我身體腐化的事情，我不想死，我覺得恐怖。我想永遠活下去，你說多好啊！」死亡聽起來是黑暗的，它摧毀了我們珍惜的生命，可是這想法是錯的。其實死亡也啟發了人類的創造力，無論是中世紀以死亡為題材的油畫及藝術作品，還是各類型的文學作品、不同思想家和哲學家的偉論，以及科學方面的現代醫學及醫學研究等，都是死亡給人類的靈感。

引用法國作家蒙田《隨筆集》（Les Essais）的其中一句：「我們因為憂慮死亡，而將生命搞砸；因為擔憂生命，而將死亡破壞。」這個債每個人都需要用一輩子來還，如何還就是你看待自己的態度。

第 十 章　罪與惡

我們與惡的距離

　　台劇《我們與惡的距離》講述一宗無差別殺人（即隨機殺人）案件，描述了加害者與受害者家屬的心理狀態。開始追看時，我忍不住問自己，又與朋友討論，究竟在事件當中，加害者家屬有沒有罪？他們又需要付上甚麼樣的責任？

　　後來，我看了有關一九九九年美國科倫拜高中（Columbine High School）槍擊案的演講，講者正是槍手的媽媽。

　　科倫拜高中槍擊案可以說是美國校園槍擊案的最早案例，一共造成十五人死亡。這名媽媽在事後，很想知道到底她哪裏做錯了，才會培育了這樣的一個兒子。而當每次有人問她作為媽媽，怎可能不知道兒子有犯案的想法時，她都猶如被這句帶著指控意味的話狠狠揍了一拳，無論做多少治療，罪惡感都不會消失。除了罪惡感，她更怕的是遇到因為她兒子的自私行為而需經歷喪親之痛的家屬，除了道歉，她也不知道可以做甚麼。

可能很多人會覺得，加害者家屬並沒有痛苦的權利，甚至無法與受害者家屬比較。但從另一個角度看，加害者的家屬其實並沒有直接的罪。

在《我們與惡的距離》當中，猶記得兒手媽媽說的一句：「有誰會花二十年的時間去培育一個殺人犯啊？」我相信，科倫拜高中槍擊手的媽媽也曾有類似的想法，才會令她想知道到底為何兒子會從有自殺念頭演變成謀殺，又為甚麼他如此渴望死去？她最後發現，其實在案發前兩年，兒子已有多次自殺不遂的經歷，而可能礙於兒子性格的關係，負面想法慢慢吞噬了他的思想，令他步上沒有轉圜餘地的絕路。如果那兩年間兒子得到適當幫助，槍擊案可能就不會發生了。

與其說我們與惡的距離很近，倒不如說每個人與周邊的世界，其實距離都比想像中短，因此我覺得英文劇名 *The World Between Us* 更到位。

很多人都知道我即使在公餘時間，看的很多都是驚悚及推理小說，而我最喜歡的一個作家是來自德國的費策克（Sebastian Fitzek）。費策克在德國研讀法律和獸醫，隨後更成為專利法博士，到目前為止已經發表了超過十九本著作。他的作品很少直接描寫殘酷畫面或血腥殺戮，而是善於營造驚悚氣氛，令

讀者能夠迅速按自己的想像自行代入，彷彿親歷其境。

他在二〇一八年出版的《病人》（*Der Insasse*）是一個很特別的故事，講述消防隊員提爾欲查探兒子的下落與失蹤真相，並從媒體得知兒子的殺人兇手被送到精神病院，於是他在別人幫忙及協助下偽裝成精神病人，混入醫院，希望可以接近兇手，企圖找尋真相以及兒子的屍首，不料竟發現醫院裏的非法勾當及陰謀，更把自己置於生死之間的困境。

更驚嚇的是，在如斯絕境求生的形勢中，種種跡象均顯示他並不是消防員提爾，甚至妻子都拒絕承認他的身份……結局是怎樣，我先賣個關子。費策克作為三個小孩的父親，常常在作品裏寫到涉及虐兒的題材，某程度上把自己潛意識最深處的恐懼透過故事表達出來。他除了覺得這個題材震撼之外，更認為邪惡與善良其實只是一線之隔。

讀哲學時，其中一位教授有講到歷史都是哲理的範例。或許對於暴行，我們因為日常生活節奏急速，較少去思考它背後的千萬種可能及原因，而透過這些劇情震撼的故事，我們就可以動一下腦筋。不過，正如費策克自己說，這些故事都是「家庭故事」，或許這些暴力、不人道事情的確正在我們周邊發生，

利用小說去思考社會問題，未嘗不是一個好開始。

以前寫過一篇文章講述《偷書賊》裏面的死神，一面收取戰場上的靈魂，一面收取戰場上的靈魂，一面驚訝地思索人性的深奧——為甚麼人類一邊展現殘酷的殺戮，一邊又有發自內心的關愛呢？而當死神思索著這一切時，他發現原來自己即使是恐怖、不安、摧毀、終結的代名詞，卻依然有良知及同情心。即使在混亂不堪的時代，只要保持著一絲善良，總有找到希望的辦法。

二○二○年六月的最後一個星期三，印尼一個海灘旁邊的小村莊裏，數名漁民看到海上有隻簡陋小船，載著接近一百名羅興亞難民，包括數十名兒童及一名孕婦。漁民覺得他們需要幫忙，連忙請求村裏不同單位出手協助，但村內權威人士表明不會把難民帶到岸上，因為這樣會令到村民增加患上新冠肺炎的風險。

村民聽後，覺得這批海上難民的生命危在旦夕，毅然決定無視權威人士，自行組織起來，帶同繩索開船出海拯救船隻及難民。在約二十四小時後的星期四下午，漁民來回海中心及岸邊數次，把難民逐批帶上岸，已經虛脫的小孩們則由漁民組成的人鏈成功送抵岸上。最後，船上所有人全部獲救，其中一位獲

救男士更感觸得在沙灘上跪地抱頭，為自己竟保得住性命而激動萬分。國際特赦組織形容這次村民的救援行動無私，值得敬佩。村民亦表示不擔心權威人士會找他們麻煩，因為他們相信所做的都是正確的事，尤其親眼看到難民都是一條條有血有肉的生命時，不可能不做點甚麼。

一直以來，我們都認定所愛的人不會傷害自己及別人，也不會去想像這些悲劇情節，但事實上，悲劇（即使程度未必等同）一直都不停在我們周遭發生。有些事情我們可能永遠不知道答案，甚至其實一直都問錯了問題，捉錯用神。但不要以為他人的事與自己無關，也不要以為可以在高地評價別人的行為，因為你永遠不會知道一個人背後背負著甚麼、經歷了甚麼。用心聆聽，不要妄下論斷，可能是我們唯一能做的事情。

我們與其他人之間，我們與善惡的距離，其實比你我想像中還要近。

惡之必要：給書寫犯罪者的另類備忘錄

現今的文學領域當中，犯罪小說或相關類型的讀物都是吸引讀者的不二法門。鑑識科學及法醫學可以從不同題材及類型的流行讀物、小說中看到，連續劇或電影等亦有很多上乘的創作，有些創作的複雜及推理程度甚至比現實的案件還要離奇和黑暗。這類型的作品雖然以刺激的情節成功吸引不同讀者，但當中不少情節偏離了真實面貌。

以基於法醫人類學的劇集《欲骨查》（Bones）為例，劇中首屈一指的法醫人類學家白博士除了會從屍骨去找尋線索及答案之外，她亦會參與偵訊、逮捕等過程，過著異常刺激的生活。但在現實中，這一切都不會出現，法醫人類學家的工作舞台很少會涉及偵訊程序。那麼，為何容許犯罪文學及罪犯故事的創作世界與現實不協調的情況出現呢？畢竟，每一位作家都是與此背道而馳——以追求最接近真實狀況為目標啊！

犯罪故事給人一個安心的存在。的確，現實世界中的人是能夠做任何邪惡及醜陋的行為，而在犯罪故事的世界，罪犯永遠到最後都會被逮捕，無論歷時

多久、經歷多少波折，他們最終都會得到懲罰，做惡懲奸得以實現。英國詩人威斯坦（W. H. Auden）曾經寫道：「書寫犯罪者的文學作品讓世人如我們重新拾回受到恩寵的感覺（state of grace）。」透過閱讀犯罪文學，可以令我們相信世界的美好、人性本善，以及犯罪只是異數及脫離常規的現象。

鑑識科學及法醫學被譽為有著不會說謊的獨特特質，因此是協助書寫犯罪者的最佳工具。透過引入這些科學技術及專業知識，可以重塑並加強故事的真實感，甚至安全感。因為這些鑑識科學及法醫學知識的出現，令讀者們相信這個世界可以被審視、分析及清晰可辨，從而將最可惡及邪惡的罪犯緝拿歸案，尋回公義。因此，在這個缺乏確定性的世界，這些犯罪小說當中的鑑識科學家及相關專業人士有著神聖地位，就如一位會施展魔術的巫師一樣。但，現實是殘酷的，魔法多半只出現於故事當中。

即便是資深鑑識科學學者及法醫學學者，就真的能夠解答所有關於犯罪、鑑識、法醫學的問題？

當然不是啦！懂得認清鑑識科學及法醫學的界限，比所有其他專業知識來得更重要。《比小說還離奇的十二堂犯罪解剖課》（Forensics: The

Anatomy of Crime）的作者薇兒・麥克德米（Val McDermid）曾經以她其中一部作品內的案件作為例子，書中的調查人員需要判斷案中當事人是自殺還是被開槍他殺。鑑識人員分析後表示死者手上的火藥痕跡不是一個很有力的證據，甚至與一向認知的情況有所不同，因而不能斷定。由此可見，即使是科學證據也會出現未能提供結論的可能，這一點是經常被大眾忽略的，也令民眾大為驚訝，因為這與大家一直以來認識的鑑識科學魔法不太符合。結果，這樣的認知就會影響到現實中一些案件審理，尤其是當這些犯罪劇集的觀眾被傳召成為陪審團的時候。

假設該名專家被安排在庭上成為專家證人（expert witness），對於庭上的人來說，特別是陪審員，鑑識科學的限制是個陌生的概念。小說中的情節可能出現咬痕分析、血濺分析等作為決定性、關鍵性的證據，但在現實法庭中，這些都需要鑑識人員以專業及客觀角度，加上案件的其他資料集合起來作綜合分析。即便如此，證據都未必有定性的結論。現實世界的民眾難以接受這種落差。美國曾有刑事律師指出，當中有些陪審員僅僅因為法庭上呈現的與他們從劇集看到及曾經出現的分析報告、測試不一樣，而質疑相關律師沒有盡好責任，繼而導致此等報告不能呈堂。

現實中的鑑識科學家，要如何令到外界明白案件中的證據背後的科學理論及限制，是一個充滿挑戰性的現實問題。或許，過程中需要的就是能夠令人容易明白的簡單比喻，如同小說家以有趣及極強代入感的情節交代劇情。這種與民眾有效溝通的工作，自不然就得請教書寫犯罪者的作家們。畢竟，公眾對鑑識科學及法醫學的認識都是從書本或是電視劇而來，如《犯罪現場》（*CSI: Crime Scene Investigation*），其次就是媒體對於考古、人類史前研究和進化等報道。民眾從這些途徑得到的資訊，並不是事實的全部。而且，為了營造戲劇效果，不論是科學原理，或是此學科的能耐，都有可能被誇大，可見大眾媒體衍生出來的這種「CSI效應」（CSI effect）甚至影響到現實生活。簡單來說，CSI效應除了令到更多人對法證科學、法醫學有一個迷霧般的幻想之外，更重要的是他們都以為自己因為多看了幾集《犯罪現場》，就充分了解箇中的科學理論。

犯罪小說家與鑑識科學家的相互關係就如人生一樣，矛盾萬分。在犯罪小說或是文章中，幾乎每個關鍵時刻都是由鑑識科學所得到的證據去帶領調查隊找到真相。在故事的最後，我們甚少會想到或許有一天，被逮捕的犯人會因為重審而被特赦，甚至認為鑑識科學家需要與外界解釋證據的複雜性及多變性。

美國作家艾倫‧坡（Edgar Allan Poe）的驚悚故事可以說是犯罪小說的雛形，他走在時代的最尖端，提倡以科學與科技的結合去輔助查案之餘，更認為調查人士的直覺或是同理心在某些時候是破案之道。艾倫的故事當然也有很多相關的科學理論及知識，但他曾藉著一首詩表達道：如果只注重背後的科學理論，就如獵鷹在捕獵詩人的心臟一樣，寫作的魔法及作者的想像力會被平凡無奇的現實代替。

的確，某程度上，鑑識科學學者成為了書寫犯罪者的一個故事表達方式。與此同時，亦藉著這種途徑令大眾知道鑑識科學光譜之廣。這種相濡以沫、相互扶持的關係使鑑識科學學者又愛又恨，同時也提供了一個反思機會——那我們應該怎樣呢？

或許，可以透過人類學的二三事找到一些頭緒。現代的人類學領域中因為種種環境及研究圈子之變化，繼而衍生了一個名為公眾人類學（public anthropology）的分支。公眾人類學，按照波洛夫斯基（Robert Borofsky）教授所說，是用以引導公眾去探討一些一直被社會遺忘的問題，繼而推動和改進。波洛夫斯基更在二〇〇〇年美國人類學會通訊刊物發表宣言式短文〈公共人類學：往哪裏去？下一步是甚麼？〉（Public Anthropology: Where to?

What Next?），其中主張人類學學者應「跨越學科界線的議題與聽眾……讓學科之外的公眾了解，人類學學者對於當前困境的重新思考和紓解可以提供何種助益，並且希望人類學的學科本身也能在與公眾的對話中重新活化」。

公眾與學者之間的交流，素來是重要的一環，套用到鑑識科學學者身上，我們不能否定這些有關犯罪的劇集甚至小說的價值，甚至要感激這些文學之誕生。對於鑑識科學學者來說，除了需要就這些大眾媒體呈現的錯誤畫面進行修正外，更重要的是要建立一個能夠與市民大眾溝通專業知識的途徑。同時，作家們也可以嘗試理解鑑識科學學者的限制，將這些不確定性試圖加到創作過程中，在大眾的腦海中種下鑑識科學真正面貌及其不確定性的種子。

無法改變的是，大眾從不同的小說或戲劇作品認識的鑑識科學學者，依然如魔法師一般的存在，但不代表要以艾倫‧坡的論調來看待。這種互相影響、互相扶持的良性競爭關係，對於科學及人文的發展都是相得益彰的。

（原文刊登於台灣已停刊之《幼獅文藝》二〇二三年五月號）

參考資料:

Borofsky, R. (2000). COMMENTARY: Public Anthropology. Where To? What Next? *Anthropology News, 41*(5), 9－10. https://doi.org/10.1111/an.2000.41.5.9.

Mcdermid, V. (2014). *Forensics: What Bugs, Burns, Prints, DNA, and More Tell Us about Crime*. New York: Grove Press.

從謀殺到寬恕

二〇〇四年在美國田納西州，十六歲的 Cyntoia 在旅館外面走著走著，突然有個男性駕車在她身邊停下，稱自己叫 Johnny，問她要不要搭順風車。Cyntoia 上車後，Johnny 卻開車到他家裏，並帶 Cyntoia 看自己收藏的槍械，隨後更將她帶到房間裏性侵。混亂間，驚慌的 Cyntoia 以為 Johnny 會拔槍，於是拿起視線內的手槍，錯手把他殺死。

Cyntoia 當時十六歲，不同州份對於如何處理未成年罪犯都有不同的處理方式及年齡界限。在田納西州，十六歲正正是未成年與成年的分界線，法庭最後把 Cyntoia 當作成人犯看待，送她到一般法庭，以一級謀殺罪名起訴，陪審團亦相應判她有罪，最後判處她終身監禁，並必須在收監五十一年後才可申請假釋。

二〇一六年，轉眼間 Cyntoia 已經二十八歲，在監獄的十二年間，她完成了高中，並取得了大學學士學位。讀書時，她也運用自身經歷探討被性侵的心理問題，而最令人稱奇的，是 Cyntoia 其中一門課的教授，竟然就是當年否

決Cyntoia上訴申請並判處她終身監禁的那位檢察官，想不到世界真的這麼小——班上令他印象深刻的學生，就是他親手把她繼續關在監獄裏。他們「相認」後，教授向Cyntoia道歉，因覺得自己當年沒有好好了解整個案件，就判處了Cyntoia這苛刻的刑罰，雖然Cyntoia覺得很心碎，卻很大方地說了一句：「You have to do your job!」

Cyntoia的故事吸引了很多名人的注意，並驅使他們在Twitter上轉發，當中包括Kim Kardashian、Rihanna等，人權組織及議員們都希望時任市長會衡量Cyntoia遭受長期虐待及被迫賣淫等歷史，並在他的任期完結前特赦Cyntoia。終於在二○一九年八月，Cyntoia正式被釋放。

正義到底是甚麼？教授經歷此事後，嘗試再思考——正義不只是將一個人定罪或判監，正義不只是指控違規的人與事；正義是要取得正確的結果。正義並不限於一份官方文件，也可以透過其他形式彰顯，例如社區之間的認同。

曾看過一個為死刑犯辯護的律師的演講，與友人就應否為那些作惡的人辯護而討論起來。懲罰是「罪」的最後一站，當一個人被定罪後，最終都是希望他為自己所犯過的錯承受後果及責任。不過，如果從頭仔細想一想，罪到底是

甚麼呢？

我們認知的罪與惡，看似黑白分明，但細心考究後，就會反問世界上是否真的有如此分明的道理？每宗案件背後的故事往往比想像中複雜，所牽涉人物的處境也難以說得清。究竟誰人真正有罪？哪個才是受害者？又有哪些人有資格說誰有罪？而歸根究底，到底甚麼是罪？

然後，你就會發現法律上的判斷或與你所認知的有出入，也就道出了法律與良知的交錯。你會忍不住問自己，其實善與惡如何分界？無論在法庭上判有罪或無罪，作為人的道德責任又能否釐清？人應該為自己的錯付出多大代價才是合理？蒙著雙眼的正義女神泰美斯不會受到任何干擾而影響判決，但只要把正義女神的天秤換成劍，就成為了復仇女神——復仇與正義從來只是一線之差，也不是正義女神的天秤可以完美定奪。

要透徹了解一宗案件，就必須要理解「人」。罪是與人性有關的，如果沒有人性中的貪、惡、仇、恨等扭曲情感，或許罪就不會出現。我們可以徹底擺脫這些情感嗎？時間的旁觀者如我，發現只要人在某一瞬間作出另一個選擇或決定，整個事情發展就會不一樣。的確，法律是法律，只會以該事會否對

人產生利害的因果關係而作出判斷，不論背後的故事是甚麼，都要令作「惡」者承擔必要的懲罰。但這也可能不是真相（truth），而只是法律上的事實（fact）。

要發掘真相是相當困難的事，因為真相與事實不一定相等，而法醫或法律的程序都沒有需要去了解犯案者的故事及背後緣起，因此，法庭上的判決，無論是有罪或無罪，也不代表真相的全部。這是執法者、律師、法醫、學者都無可奈何的事實。我們能推敲事情的始末，卻不能告訴你涉事的人心裏到底在想甚麼；我們只能回答你「how」──悲劇是如何發生，而不能告訴你「why」──為甚麼會造成這悲劇。這或許就是法律和科學的限制。

又或者，所謂的「罪」其實就是人性最根本的原罪及懲罰。我深信正義公義的存在，而且不止透過傳統官僚體制才能找到。古希臘哲學家認為，公平正義是一種美德（justice is a virtue），這種人格特質，會誕生出令公義成真的人──只要我們堅持及相信。

侍女的故事

二〇一七年，美國推出以同名小說《侍女的故事》（*The Handmaid's Tale*）為藍本的改編劇。原著寫於一九八五年，是很多美國高中生的必讀書籍之一，內容敘述了取代民主美國而興起的極權政體基列共和國（Republic of Gilead），所有女性的人權及自主權被奪去，小至閱讀、大至學習、上班或財產自主權，而年紀和健康條件理想的女性，甚至會被迫淪為生育工具的侍女（handmaid）。侍女的日常生活除了偶爾去指定商店購買日常用品外，就是等候司令官的指令去進行交配「儀式」，代其不孕的官太太生小孩。由於侍女只是一個生育工具，她們在「儀式」進行時不能與司令官及其太太有任何眼神接觸，亦不能對司令官動情，有違這些規條的都會被定下通姦罪並判處死刑。

犯下基列共和國的罪而被處死的人，屍體會被掛在侍女進出的城牆口，提醒她們要安分守己。侍女感慨隨著她們失去自由，竟然愈來愈覺得那些圍著她們、規限她們的牆能給她們安全感。現實中，很多人會重視及珍惜自身的自由，同一時間卻對被告知的消息、想法，甚至應該說些甚麼或不應該說些甚麼

都不抱一絲懷疑，滿足於不停被餵食資訊，不論資訊正確與否。

忽視與無知是兩個完全不同的概念。現代是資訊爆炸的時代，我們多半是以前者的態度去生活，尤其忽視了每一個決定背後的連鎖效應及道德理念，繼而缺乏同理心，最後就會因為身處舒適圈，而把不平常、不正常的一切看得理所當然。

在基列共和國，為人熟悉的一切都在改變。書中主角Offred講述自己作為經歷轉變的這一代人，因為體制制改革，顛覆了自己一直以來的價值觀及倫理道德，因而被迫忽視身邊不合理的一切，這是令她最不好受的地方。

原著作者Margaret Atwood提到，《侍女的故事》所寫的所有情節，並不如外界所講的「預知未來」，反而是一份歷史的見證（literature of witness）。她說在如斯動盪不安的社會局勢之下，記錄任何故事都是對抗殘酷現實的不二法門。記錄故事就是燃點希望之舉，所以，每一個故事不論是開心或難過，都需要記錄下來給未來的讀者閱讀，目的是讓以後的人都知道這些事；同時代表反抗、對抗現實的決心，展現一個人面對不應變成理所當然的事

要抱著慣性的不甘心！

　　Atwood說，女主角Offred的故事有兩種方式解讀，第一種是以純粹學術的方式，另一種則是被她稱為「dear readers」的閱讀方式──透過文字與讀者們交流及講故事，就如讀日記一樣──只有後者才能以同理心真正閱讀、見證故事，聆聽與感受字裏行間的血淚。在如此紛擾的世界裏，同理心異常重要，不要害怕展現脆弱，也不要讓情緒吞噬了我們的理智及理性。只有以同理心在這個戲劇般的世界行走，才能為殘酷的現實增添一份人性與溫暖。

　　書中有一句假的拉丁文「*norite te bastardes carborundorum*」，大意是不要讓混蛋令你沮喪及失落。保持希望，不要忽視一切不正常的現象，就是對抗一切不公義的重要力量。

第十一章　開希望光

洞穴裏的醫院

紀錄片《洞穴裏的醫院》（The Cave）講述年輕敘利亞兒科醫生 Amani Ballour 在戰火之下成為當地一所醫院的主管，但因為空襲頻繁，為了保住所有病人及員工的性命，於是把醫院移師到地下洞穴及隧道裏面，就這樣度過了數年光景，直到二〇一八年。

紀錄片的後半部分令人悲痛。在一次空襲之後，傷者魚貫地被送到醫院，但各醫護檢查時，發現這些傷者都沒有任何傷痕，卻表現得異常痛苦。由於傷者數目愈來愈多，開始聞到愈來愈濃烈的氯氣味，醫護們才驚覺剛才空襲用的並不是普通炸彈那麼簡單，而是化學武器。醫護們立刻協助調配物資，把科口罩送到團隊手裏，輪流使用氧氣機，並連忙把所有傷者的衣物脫下，裝進屍袋裏丟掉。小孩子因為氯氣導致氣管緊閉、不能呼吸而大哭，成年人被裝著氯氣的器皿炸到……一切平息下來後，醫院只剩下一片狼藉。

看到小孩子受傷或遇害是我的個人弱點，因此觀看此片絕非容易，在片長一個多小時裏，基本上流淚不止。就如 Ballour 醫生在片末的獨白所說：「當

我目擊人性在我眼前被摧毀，我又如何能忍著眼淚呢？」（How can I hold back the tears while witnessing humanity being destroyed in front of me?）因為死亡隨機降臨而衍生的寂靜籠罩著整個敘利亞，籠罩著醫護，也籠罩著觀看紀錄片的我。

在這間洞穴醫院裏，醫生進行手術時，有時候連麻醉藥都沒有，只能跟病人說他們有古典音樂；喪失至親的小孩們，也沒有任何新玩具安慰他們。紀錄片的末段，化學武器攻擊繼續令醫院擠滿了傷者，他們依然沒有傷口、沒有可見的創傷。紀錄片也在提醒我們，在這非常難過的現實當中，能夠保持善良，不傷害別人，已是非常了不起的事情。這所醫院的資源及藥物縱使有限，卻有醫護們的無限關懷，以及人與人之間無限的愛。

這，讓我對世界還抱有一絲希望。

玫瑰少年

二〇〇〇年，葉永鋕死於台灣屏東高樹國中的廁所裏。法醫學上，葉永鋕的死因是「跌倒後後腦撞擊地面引致顱內出血」，這是沒有辦法否定的事實，一個無論如何駁斥也改變不了的現實。不過，真相卻可以是另一回事。

從邏輯學來看，真相並不永遠或直接等於事實。簡單來說，真相一般不會直接擺在眼前，而是必須透過思考、發現及考究過程才能獲得。與事實相比，真相流動性較大，可塑性較高。葉永鋕法醫學上的死因是後腦撞擊致顱內出血，這是事實，不過，他死亡的真相卻沒有那麼簡單。

有段日子研究過哲學，最令我著迷就是法哲學。在大學的哲學課中，教材都是歷史上著名的真實美國案例，而我們執著的並不是案件的被告最後有沒有定罪，而是判詞裏對於各個層面的考量，以及背後的論據和論點。

葉永鋕的案件，法醫學上的結論無從反駁，但從另一個角度看，葉永鋕的死亡真相是因為被同學欺凌，嘲笑他因為比較陰柔、「不像個男孩」，於是被

迫要避開人潮在下課前上洗手間，希望逃避這些言語傷害，卻不幸地發生意外而失救。即使學校的負責人最後因為疏忽而被起訴，事件亦令台灣社會對性別教育展開討論，並在二〇〇四年修訂《性別平等教育法》，但「殺害」葉永鋕的的最根本問題是欺凌，法律根本無法制裁。

葉永鋕死後幾年，另一男孩以同一原因自行結束生命。他在遺書中寫道：「即使消失會讓大家傷心，卻是短暫的，一定很快就被遺忘，因為這是人性。」縱使爭取性別平權的遊行人數不斷增加，愈來愈多人願意站出來作為抗爭的一分子，社會亦慢慢地出現轉變，然而，青年們早已因為自己的不被認同，以及與生俱來的身份矛盾而傷痕累累，甚至失去生命。到底為甚麼他們要選擇這條路，原因可以很多，我們也沒有資格判斷，可是社會既有的傳統思想和文化恍似無形的推手，以各種不同的方式，在年輕人身後將他們逐步推進死胡同。

法醫學，能夠告訴你一個人如何死，卻不能告訴你背後的「為甚麼」；法醫學只能看透組織、骨頭、牙齒找尋死亡線索，卻不能告訴你為甚麼會出現這些痕跡；法醫學，能夠告訴你他那個人最後的一刻是如何度過，是辛苦還是痛快，卻不能告訴你他最後一刻在想甚麼，心情到底如何。或許這個法醫學的限制，就是要提醒我們人性的重要。

呼繼筷子架和 Café de Monk

二〇一一年的三一一大地震及海嘯，對日本造成不能磨滅的傷痕。

海嘯及地震奪去的性命數以千萬計，很多家庭都在一夜之間破滅，即使僥倖生還，也會因為突然流離失所而失去人生方向，心彷彿在瞬間凍結了，甚至傷心得連哭都不會。

日本有種說法，說死亡就如障子（即日式房屋中糊上和紙的木製可拉式窗門），走過這道門就會到達另一個房間，也就是說死亡並不是終點。迷失的感覺不是生者獨有，可能死者也感受得到。災後，有很多喪失家人的人報稱遇到靈異事件，彷彿那些靈魂都不知道自己已離世。

宮城縣栗原市通大寺的住持金田諦應，就因為聽聞了很多不同民眾的超自然經歷，決定為他們提供一個抒發途徑，因此成立了「Café de Monk」。自成立以來，Café de Monk 走遍受影響地區，北至岩手縣山田町，南至福島縣南相馬市，舉辦了總共一百五十場以上的流動咖啡廳，為前來的人提供咖啡、

茶、蛋糕，讓他們可以有一個場合、一個機會將自己的感受與他人分享。當然，靈異事件不能證實，分享亦不能瞬間解決問題，因為每個人所受的影響及情緒都不一樣，加上每個地區的背景、生活方式等有異，但當你發現自己的鬱悶、不安只是茫茫宇宙的一部分，而且世上有人和你分享著相同的哀傷，你就會覺得自己並不孤單。

另一邊廂，在三一一大地震後，日本陶藝家鴨下知美借助日本傳統的金繼技術去創作了一系列筷子架。金繼，又名金繕（金継ぎ），是源自十五世紀的陶瓷修補技術，將已經破碎、破爛的陶器重新接合，並且透過金線凸顯手繪美感。鴨下知美這一系列筷子架所使用的素材，就是那些被大海力量奪走的陶器。她到海邊拾取擱淺在岸上的陶瓷碎，儘管它們是不同材質，但她透過現代金繼（即呼繼）將它們重新聚在一起，由已經支離破碎的碎片，幻化成一個個閃耀著光輝的精緻筷子架。除了單純的將碎片接合之外，鴨下知美更必定會在每一款筷子架上安插一塊粉紅色的碎片，它正正代表著每年春季的櫻花，鴨下知美希望藉著這一點粉紅提醒人們：「寒冬已經過去，希望正在前方等著我們，請不要放棄。」

僧侶的英文是「monk」，但「monku」在日文則是投訴的意思。放諸於

此，就好像金田主持無條件聆聽取民眾的想法及感受，聆聽著他們的故事，分擔著他們的悲傷。金田住持的做法並不是平常佛門弟子會做的事，甚至有人覺得他不應該這樣做，不過，金田住持說，為生者解憂其實也是佛門的原意及教義，也是宗教及信仰本身存在的價值啊！無論是鴨下知美的呼繼筷子架，還是金田主持的流動咖啡廳，都只是想以自身力量告訴周邊的人：「其實，我們都在！我們都一直一起努力著！所有人就如那些海邊的破碎瓷器一樣，但只要聚集在一起，我們會更堅強！」

用生命歌唱的刺鳥

傳說中，刺鳥一生只唱一次歌。

刺鳥從離巢一天開始，就不停地尋找一棵充滿荊棘的樹，一直找一直找，找到後才會停下來休息，然後開始唱歌。牠一邊唱，一邊展開自己的胸膛，把自己的身體迎向最長最尖的刺上，最後在臨死一刻，忘記及甩開身體的痛苦，唱出比雲雀及夜鶯更動聽、更優美的歌聲。牠，從不懼怕死亡，願意以生命換來一首歌，令全世界都留心靜聽。當我們迎向最深處的痛時，我們將無所畏懼，因為我們知道，最後得到的都會是這一切痛苦經歷的成果。

刺鳥是一個悲劇，卻是一個勇敢的悲劇。牠超越了自己，超越了生物對死亡的恐懼，用生命去交換一個燦爛的結局。很多人窮盡一生──不論是長是短──去追尋自己認為有價值、值得守護的事情。就如刺鳥一樣，人會超越自己、超越對死亡的恐懼，用最大力量確保成果不會在找到的一刻，人會覺得值得的事情，抓緊自己認為有價值、值得守護的事情。就如刺鳥一樣，或許旁人覺得牠為了只能唱一次的歌，就把自己的胸膛往荊棘刺去是一件很愚笨的事，這卻是刺鳥一生最大的意義。

我們經常說，骸骨不會忘記經歷過的東西。或許我們能夠減淡傷疤、重新出發，但不代表曾經發生的事沒有留下任何痕跡。

遇到生命的消逝時，我們總會痛心疾首，但也不可以讓它成為我們死心的理由。我們要堅強如盛開在荊棘裏的花一樣，不論環境多傷痛、傷心、難過，愈是流淚就愈是要抬起頭，一步步堅強又固執地抵抗。

《玫瑰與夜鶯》是刺鳥傳說的原型，年輕學生要找到紅玫瑰，才能和喜歡的女生共舞。夜鶯聽到後，按著橡樹的指引，決定要在月光下用音樂造一朵玫瑰，並獻出自己胸膛的鮮血把玫瑰染紅。雖然夜鶯的自我犧牲徒勞無功，卻將其他只執著於一己之私的人比下去，無論他們有多聰明、權力有多大，也顯得比夜鶯卑微渺小。

在傳說的最後，刺鳥感人肺腑的歌聲不只令世人為之動容，連天上的造物主亦笑了，沒有人的犧牲是白費的。第二次世界大戰倖存的猶太見證者及作家埃利‧威塞爾（Elie Wiesel）曾經寫道：「如果我們真的把亡者遺忘，就猶如讓他們經歷第二次死亡。」（To forget the dead would be akin to killing them a second time.）骨頭和感情一樣，需要很長的時間成長，期間都可能

受不同內外因素影響，令骨頭及感情同樣經得起時間考驗，令後人知道及了解更多前人的經歷和故事。縱使故事可能是傷心的，卻依然值得銘記在心。心碎，未必會留下永久痕跡；心痛，也總有一天會過去，但任何曾經在這個世界存在過的人，只要我們不遺忘，他就會以另一個方式存在，陪伴我們走下去。

結語

這數萬字橫跨了數年來光景，而這些年來的影像已經有著龐大轉變。這種改變實在令人吃不消，亦令人很沮喪。不過，「愈爛嘅牌就要愈界心機打」，當世界令你很無力，總會有一絲曙光在身邊點燃起來。

《偷書賊》（*The Book Thief*）中的死神說道：「我看到他們的醜惡和美好，我很好奇，人類怎麼能夠同時兼具善與惡？不過，他們有一種本領令我嫉妒：只有人類，能夠選擇死亡。」（I see their ugly and their beauty, and I wonder how the same thing can be both. Still, they have one thing I envy. Humans, if nothing else, have the good sense to die.）如果我們知道其實連死神都怕了我們，可能會減少了一些無力感，反而能看清人與人之間的勇氣、愛、仁慈等這些教人窩心的光明一面，就如本書提到洞穴醫院裏的醫生一樣。

專欄世界在初版出版後依然繼續運行了一段短時間才終結。最近曾讀到某位作家的文字寫道：「我們都要學習面對『失去』，珍惜下一個失去之前的時刻，現實世界也是如此。」願你享受浸淫閱讀這本小書的時光，當翻過書封的另一端，就讓我們在那裏繼續再聚。

未來見。

鳴謝與感言

外國有句話說得好：「要帶大一個小孩，需要一整條村的人。」

放在我這個情況，我也覺得很適合！這本書就是我的小孩，當中當然也麻煩到一整條村的人啦！

首先，是我在信報〈視線所及〉的編輯 Louisa 及廣大讀者。編輯實在勞苦功高，尤其是我忘了交稿的時候她都萬分忍耐，實在感謝！還有，自我接過專欄後成為讀者的你，或本來是陳心遙先生讀者的你（相信無故換了人會覺得無奈吧！），謝謝你們給我機會讓我每星期一次在《信報》與大家交流。雖然，此專欄已經成為過去，但依然感謝透過每週文字相遇的你們。

感謝初版《骨子裏的話》的蜂鳥出版編輯 Raina 和 Yannes！兩位女生要把審稿、編輯、經營網上書店及出版社處理得井井有條實在不容易，同時也感

謝有份票選《骨子裏的話》為二○二三年出版雙年獎得獎書的評審們。再來，就是感謝花千樹願意承繼這本書，並提議重新整理及增補內容，經歷時間的沉澱和經驗的累積，希望這些文字可以接觸到更多讀者。

當然，亦要感謝最初推動我出這本專欄結集的讀者 Ada。謝謝你一路的支持與鼓勵！把過去動盪了幾年的思緒及感受整合在一起，實在感覺圓滿，讓我找到了支持的力量。

感謝把感言都讀完的你，謝謝你的支持。

願我們再以文字相聚。

有緣再會

骸骨不會忘記經歷過的東西

屍骨辯證

法醫人類學家的生死沉思

作　　者　　李衍蒨

總編輯　　葉海旋

編　　輯　　李小媚

助理編輯　　鄧芷晴

書籍設計　　吳國雄

封面及內文圖片　Etsy

內文圖片　　shutterstock（P.42, 45, 48, 127, 129, 130, 151）

出　　版　　花千樹出版有限公司
　　　　　　地址：九龍深水埗元州街二九〇至二九六號一一〇四室
　　　　　　電郵：info@arcadiapress.com.hk
　　　　　　網址：http://www.arcadiapress.com.hk

印　　刷　　美雅印刷製本有限公司

初　　版　　二〇二四年六月

ＩＳＢＮ　　978-988-8789-29-0